U0727836

含氧量°

让阅读像呼吸一样自然

努力论

[日]幸田露伴 著

西藤 译

古吴轩出版社

图书在版编目（CIP）数据

努力论 /（日）幸田露伴著；西藤译. -- 苏州：
古吴轩出版社，2021.1
ISBN 978-7-5546-1709-0

Ⅰ.①努… Ⅱ.①幸… ②西… Ⅲ.①散文集－日本
－现代 Ⅳ.①I313.65

中国版本图书馆CIP数据核字(2021)第003925号

责任编辑：胡敏韬
策　　划：马乙鑫
装帧设计：朱　琳

书　　名：努力论
著　　者：［日］幸田露伴
译　　者：西　藤
出版发行：古吴轩出版社

地址：苏州市八达街118号苏州新闻大厦30F　　邮编：215123
电话：0512-65233679　　　　　　　　　　传真：0512-65220750

出 版 人：尹剑峰
印　　刷：无锡市证券印刷有限公司
开　　本：880×1240　1/32
印　　张：6
字　　数：98千字
版　　次：2021年1月第1版　第1次印刷
书　　号：ISBN 978-7-5546-1709-0
定　　价：57.00元

如有印装质量问题，请与售后联系。0512-87662766

自　序

　　努力本一。可是如果仔细考察，努力可看作两种：一种是直接努力，另一种是间接努力。间接努力也就是预备努力，是基础、源泉。直接努力是当下的努力，尽心竭力时的努力。有些人动不动就哭诉、嗟叹努力无果而终。然而，努力是否有价值，是不应该靠努力是否带来成果来评判的。所谓努力，是人们一往无前、永不懈怠的本性。因此努力本就是本分，然后才会自然而然地形成一定的努力会带来一定的硕果的道理。只是努力所带来的结果并不总是理想的。如果结果不佳，要么是努力的方向错误，要么就是缺乏间接努力，只有直接努力。把努力放在无法实现的愿望上，是搞错了努力的方向，而致力于无法实现的愿望还没有任何收获，就是缺乏间接努力了。像在瓜蔓上求茄子①，就是搞错了努力的方向，而如果想要创作出诗歌佳句却只一味长篇累牍，则

---

① 　原文为"瓜の蔓に茄子を求める"，类似于中国的"种豆得瓜"。（若无特殊标明，均为译者注。）

是缺乏间接努力。但是致力于向错误方向努力的情况是比较少的，很多时候是缺乏间接努力。例如诗歌，仅靠当下的努力是无法创作出佳句的。虽然不学习是不会创作出好诗佳句的，但是仅靠当下的学习也同样无法创作出好诗佳句。从早到晚都执笔对着纸，能串联起千百万的字句，并不意味着就可以创作出好诗。从这种意义上来说，努力学习的价值甚低。所以，有人便不喜努力，对学习产生抵触心理。尤其在艺术方面，崇尚自然的天赋、排斥努力的人很多，那也是有道理的。我们无法断言努力就是万能的，就像印度古传中，伎艺天①，即艺术之神，说不定就是六欲圆满的神仙在打瞌睡时，自然而然诞生于头脑中的。若仅靠当下的努力就一定能获得好结果的话，那么世上就不存在"眼高手低"这句话了吧。即使努力不一定有效，但是这也不能成为排斥努力的理由，反而要求我们要间接努力。努力无果的事实，只是将作为艺术的源泉和基础的预备努力，也就是将修习本性，寻找世间的真理，培养浓厚的兴趣，自由创作等等努力的重要性，展现给只顾着埋头练习、直接努力

_____

① 天部之一，掌管福德的天女，擅长伎艺，容姿美丽，传说中是从大自在天的发髻化生而出的。

的人。努力即便没有效果，它作为人的本性，在人的生命中是自然存在的，本不会有善恶之分。

然而，无法否认的是，在人们的心中，往往有不喜欢努力的倾向。无论是将睡之人，还是濒死之人，都不喜欢直接努力或间接努力。可供燃烧的石炭都没了，怎么还能升起火焰呢？两者的道理是一样的。

努力是好事。然而，人们努力时往往动机不纯粹。现在的情况是，如果人们感到自己有什么地方是不被认同的，才鞭笞自己，克服这些缺点，随波逐流而已。

努力就是要忘乎所以，顺其自然，随性而为。这才是努力的真谛，是努力的最高境界。

在本书中，《命运与人为》《自我革新》、"幸福三说"、《修学四目标》《四季与自身》是明治四十三年至四十四年（1910—1911年）间发表于《成功》杂志上的；《着手处》《努力之积累》发表在同期的其他杂志上；《静光与动光》于明治四十一年（1908年）发表于《成功》杂志；《涨潮退潮》是在编辑本书之际起草的。由于涉及努力的内容很多，故给本书取名"努力论"。

为了努力而努力，并不是真正积极的努力；忘却努力的努力，才是真正积极的努力。然而，为了达到这个境界，必须要学会取舍之道，否则将不得不努力三大阿僧祇劫①之久。本书没有涉及取舍之道，所以还是题作"努力论"。

---

① 劫，佛教的计时单位之一，表示极长的时间。又分为小劫、中劫、大劫三种。一个大劫正好是世界经过了一次成、住、坏、空。当世界历经三次成、住、坏、空，就是三大阿僧祇劫。在这里指极其漫长的时间。

目 录

命运与人为

　　世上若无所谓命运则已，若真存在所谓的命运，那么个人、集体和国家，乃至世界都成了受命运支配的奴隶，它们与作为支配者的命运之间，就必须存在某种缔结约束的关系。当然，从古至今的英雄豪杰之中，有些人拥有"我不喜欢受命运的支配，我只会自己主宰自己的命运"这样粗犷的豪情壮志，这是不争的事实。他们的那种"天子可造命，不可叹命"的论断，也是在英雄主义般地断言"天子是人间大权的所有者，与拥有绝对权力的造物主一样，是可以操弄命运的王者，不像我等不时哀叹命运不济的人这么软弱"。这些言论很有意思，但凡拥有英雄主义性格的人物的身上多多少少都会有这种豪气，而且又十分激烈勇猛，也可以说是他们的特征之一。虽说命运有好有坏，但不断地发牢骚，为了博取他人的同情而卖弄行迹的人，是连普通人都比不上的卑劣之徒。假如是有英雄气概、豪杰风骨的人，会发出"大丈夫造命不叹命"的豪言壮语，自可挥刀霍斧，雕刻自己的命运，而不应该一味地受占卜者、观相者和推命者之流的影响，成为宿命论的俘虏，哀叹好运不眷顾自己。

世人大都相信命运早就由自己诞生之日的天干地支和九宫二十八星宿之类注定，又或者是因为自己的骨骼、血色什么的，相信自己的命运早已注定，于是这些哀叹自己生不逢好运的人果真成了最不幸之人。之所以这么说，是因为没准就是这样站不住脚的狭隘的意气、感情和思想，直接招来厄运，让幸运远离你。出生年月、与生俱来的相貌是否真的会与人本身的命运相挂钩这个问题暂且不论，因为这些事而心烦意乱，自僝自愁，早就已经是司空见惯的情况了。

《荀子》里有《非相》篇，所以早在两千多年前，就有论证相貌和命运不相关的学问。《论衡》里有命虚论，那么论证出生年月和命运不相关的学说，在汉代就已经出现了。即使这些论证都不是真理，面相的确与命运挂钩，出生年月真的决定命运，但是在对这些学说因循守旧的中国人之间，从遥远的过去开始直到现在都不乏不屈服于这种宿命论的人。只要想到此处，我甚感欣慰的同时，一想到现在竟然还有人屈服于宿命论这种令人同情的思想，我就不得不叹息。

实际上，正如荀子所言，样貌相似而志向不同的大有人在；又如王充所言，同时遭坑杀的数十万赵国降卒也并不是同年同月同日生的。不过这样的事情暂且不论。总之，不会轻易屈服于宿命论，这的确是人的天性。我们，或者说是受命运支配的人，比起受命运支配，更想要支配命运，这是我们无法掩饰的欲望和情感。那么我们也只是因为顾虑到某些因素，才让自己变得卑微的。只有一往无前地自己创造命运，这样的气概才是英雄的气概，拥有这样的气概并且最终付诸实践的人才被称为英雄。

如果没有难以预测的命运，那么人类的未来全都可依靠数学预测得知了。就像"三三得九""五五二十五"那样，今天的行为会给明天带来什么样的结果，一切就都清清楚楚、明明白白的了。然而，人事复杂、世相纷杂，无法简单地说同一行为就会指向同一结果。因此，无论是什么样的人，头脑里都会朦朦胧胧地有命运这样的意识，而且往往认为是所谓的命运在用伟大的力量支配我们。于是，我们便会认为某人是命运的宠儿，而某人在忍受命运的折磨。我们自己有时候也会在命运中顺水行舟、如鱼得水，有时又会在命运中逆风降帆，停滞不前。也正是因为这样，"命运"这个词语成了一个艰深的、权威的词语，在我们的耳边回响，在我们的心中荡气回肠。

不过，我们即使无法成为聪明的命运观察者，但如果能够做一个细心的观察者，看透世间的真相，也可以很快发现一个关键——世间所有的成功者都相信可以通过自己的意志、智慧、勤勉和仁德的力量，收获属于自己的好结果；而失败者则都感叹让自己陷于失败困境的并不是自己的过错，而是命运。也就是说，成功者用自我的力量解释命运，而失败者是用命运的力量来解释自我。

我无法确定这两个截然相反的见解到底哪一个是正确的，但显然，成功者高估了自我的力量，而失败者高估了命运的力量。

这样的事实究竟说明了什么呢？这两个见解，无论哪一个都只对了一半，那么两者综合一下不就百分百正确了吗？也就是说，"命运"是存在的，它在一定程度上左右着人生的幸福与否。但与此同时也存在着个人的力量，而且它也肯定能对人的幸与不幸产生影响。只是在这个过程中，成功者忽视命运这一因素，而失败者忽略个人的力量，他们都选择了各自所偏向的观察方向罢了。

河的两岸有同样的两个村庄。左岸的农夫种豆，右岸的农夫也种豆。然而，秋水大涨，左岸的堤坝决堤，而左岸堤坝的决堤使得右岸的堤坝得以幸免。在这个时候，如果左岸的农夫感叹命运怎么如此不眷顾自己，而右岸的农夫为自己辛辛苦苦、大汗淋漓所得来的收获沾沾自喜的话，这两人确实都既不虚假，也无错误，只是在阐述事实以及他们实际的感想。因为他们所得到的结果相反，所以也不能说左岸农夫所说的和右岸农夫所说的，有哪一方是虚假的。其中也确实既存在着天命的因素，又存在着人为的作用。只不过，左岸的农夫忘却了人为作用而感叹命运，右岸的农夫忽略了命运而只关注人为因素，他们所说的人为因素和命运并没有因为河流的左右流向而出现偏差，这一点也是昭然若揭的。

于是，既然存在着命运这种说不清、道不明的东西在冥冥之中给我们的生活带来影响，那么谁都想了解命运产生影响的原理，然后获得幸运，避开厄运。因此，有了这个理所当然的欲望，推命者、观相者和占卜者应运而生，操弄着神秘的理论，但是在这里暂且不谈这些神秘的力量。我们应该坚决而又执着地让理智之灯照亮黑暗。那么在这里，理智告诉我们什么呢？

理智告诉我们，命运的法则，唯命运本身知之，但命运和人为因素之间的关系却是我们能清楚知道的。

何谓命运？钟表时针的前进就是命运。1点过去了，2点来了；2点过去了，3点来了；然后4点、5点、6点、7点、8点、9点、10点……就这样日复一日、月复一月、年复一年，春去夏至，秋去冬来，人出生，人死亡，地球诞生，地球毁灭……这就是命运。对于世界、国家、集体和个人来说的幸与不幸，实际上只是命运的一个小片段，人类只不过是对此加上了个人的评价而已。然而，既然已经看到了值得称作幸运的东西，发现了被看作不幸的东西，那么"获得幸运，拒绝不幸"就是理所当然的欲求。因此，假如有可以牵动命运的命运之绳的话，尽量通过人为的力量将幸运牵引过来即可。也就是说，通过人为的力量和幸运连接在一起，通过人为远离不幸，这就是人们的欲望。

做一个细心的观察者，看透世事，是获得启发的道路。观察失败者，观察成功者，观察幸福的人，观察不幸的人，然后通过观察某一个人是拿着什么样的绳子把握住幸福的，某一个人又是拿着什么样的绳子引来了不幸的，我们显然会得到教训。我们会发现，可以将幸运牵引出来的绳子使得牵引者的手掌鲜血淋漓，而理应牵引出不幸的绳子则柔滑细腻、充满光泽。也就是说，牵引出幸运的人常常自我责备，从自己的手掌中滴出鲜血，忍受着常人难以忍耐的痛苦，不断牵动着这条绳子，最终将身躯庞大的幸运之神拉到了自己的身边。这样的人有着遇事先从自己身上找原因的精神，将一切的过失、分歧、不足、不妙以及所有拙劣、愚劣、不好的事情发生的原因都归于自己一个人身上，决不责怪下级、朋友，也不追究他人的责任，埋怨命运，只是认为自己的手掌皮薄，臂力不足，没有招来幸运的能力。他们忍受着异常的苦痛，尽人事，听天命。这样的品格在世界上的成功者身上都可以看得到。的确，没有什么事情比责备自己更能有力地弥补自己的缺点了，也没什么事情比弥补自己的缺点更能获得成功的资格。此外，也没有什么事情比指摘自己更能引起他人的同情，没有什么事情比引起他人的同情更能让自己走向成功的道路。

　　前面所举的左岸的农夫种豆歉收的例子，那位农夫与其埋怨命运不济还不如加强自我反省的观念："这是因为我不够聪明，计划不够缜密，才导致了这样的结果。明年我要将豆子播种在高地，低地则种玉米。"如果能忍受损失带来的痛苦，做好第二年的计划，幸福说不定就会来光顾了。如果翻遍过去伟人的传记，你会发现，这些人中有很多都是善于从自己身上找原因的人，而不是埋怨他人的人。然后你再翻阅并考察引起了各种不祥之事的人的经历，你肯定会发现，这些人缺乏从自己身上找原因的观念，是一个责怪他人的、怨心很重的人。引来不幸的人常常不责怪自己而是责怨他人，所以他们手拿的是有着柔滑触感、不会让自己的手掌受伤的绳子，很容易就会带来轻浮丑陋的不幸之神。

是让自己的手掌滴血，还是只抓住柔软光滑的绳子，这两者，大概就能把人为因素和命运的关系说个八九不离十了。你必须要深刻思考自己想要招来的是命运的幸还是不幸。

着 手 处

只有教诲而不点破该怎么着手，无论这个教诲是多么崇高、多么庄严、多么完美，对受教者来说也是无法避免当下的困惑的。本来教诲中就不存在没有点破着手处的。然而，我们也会经常遇到虽然感觉这个教诲的意义甚为高远，但与此同时依然一头雾水，不知道该从哪里着手的情况。过一段时间再看，我们会意识到实际上并不是教诲本身是含糊不清的，指导者没有完全指出着手处，而是自己还没有达到一定水平，还无法找出着手处。总而言之，谁都经历过即使有人教诲，但依然不知道怎么着手的情况。如果只是闲聊，教诲就像是充满逻辑的游戏一样，是个谜。但如果明明是出于获得实际利益的本意去请教他人，可得到的还是让人摸不着头脑的教诲，那这个教诲就真的派不上什么用场了。于是，问的人就会将它当成耳边风，教诲听起来是没错，可是没有获得某种程度上的收获，这样的事情也不少。这无论是对请教者来说，还是对指教者来说，想必和他们的本意都离得十万八千里。教诲这种东西是不是往往当场听完就算了？虽然教诲恐以所谓的耳边风的形式告终，但如果是这样的话，那就是听者和谈者都还没有对着手处留下深刻的印象，这一点是必须要反省的，因此这个教诲本身就值得商榷。

着手处，也就是必须要找到着手的地方。无论是学习播种耕耘，还是学习经营建筑、操船航海、军旅行阵和绘画习字，如果没有掌握或者在不断接近着手处的过程中的话，那么就像是过了一百日仍迈不进讲堂一样，学习一年也踏不进实践的领域。那样怎么可能到达有所体会的境界呢？无论是什么样的领域，都要确切得知怎么着手，然后用功修业，方能循序渐进。话又说回来，着手处到底是什么样的呢？这个问题大概跟具体学习的领域有关，所以在这里无法揭示，但如果是关于一般的修养方面，教导者是可以展示出来的。但是，既然是寻求着手处，那么人们各自在志向的道路上找出着手点才有趣吧。有脚可以丈量，有手可以去捕捉。就是这个道理。

自 我 革 新

　　年，并不是一个有头有尾的东西。有个俳句诗人说过"尘世无常，唯除夕一如往"，一年里既有除夕也有元旦，在人们的心中，自然而然地形成了除夕是"尾"，元旦是"头"的观念。既然有了头，也有了尾，那么在年尾的除夕进行一年的盘点，年头则尝试着制订未来的计划，是人之常情。岁末的感慨和年初的愿望都源于这份人之常情。每件事都称心如意的人十分少见，所以年尾谁都会尤其感叹岁月易逝，如流水奔马，也常常带着遗憾感叹宿志蹉跎，未能获得理想中的成就。到了年初，人们又常常手执屠苏酒，手捧杂煮汤①，祝福自己今年一定要有好运，对前途寄予十二分的希望，做好计划，奋起直追。没有一个人会思考年有头有尾的合理性等这些不值一提的道理。大部分人常常在岁末感慨嗟叹，年初发奋许愿。这实际上发乎于人的自然情感，是有存在

---

① 杂煮汤，日本人正月常吃的食物，是放入年糕和菜、肉等合煮的一种汤。

的道理的。无论是大人还是小孩，无论是俊杰抑或凡夫，大家都有这样的感情，因此这是一种合理的情感。

如果产生这样的情感是合理的，那么我们想要将前一年年尾的遗憾在本年里消除，将年初的希望在本年内实现的想法，就是随之而产生的心愿，并且这本来就是正当、美好的心愿。

实际上，每个人每年都怀有同样的情感，产生同样的心愿，然后又每年都感慨、发奋。如果暂时改变我们的立场，不要同情自己，客观来看的话，这只不过是某位演技拙劣的演员按照同样的情节，在同样的舞台上，用同样的状态，在同样的时机里演出，而这样的演出你必须要认同。所以你不仅想笑，而且会产生一种对方愚蠢的想法。但是，如果将这样的想法放在自己身上的话就没那么好笑了，无论你有多么豁达。如果从明天起你还是不能成为不食人间烟火的人，那还是老老实实按照计划，该感慨感慨，该许愿许愿，装模作样地表达相同的感情为好。接下来要努力的地方就是，在接下来的年尾或者是年头，扮演着和至今为止不太一样的角色，稍微扬眉吐气一些，然后还是规规矩矩地该感慨就感慨，该期望就期望。也就是说，要"革新"自己。因为不能像往常一样一点也没有改变，所以最重要的莫过于把自己改造得比过去更优秀。

然而道理谁都懂，每个人都在为创作出"新的自己"而煞费苦心。正是因为没办法创造出全新的自己，所以才会不断重复年尾年头的嗟叹和祝福。这种言论随处可见，实际上大家都是这样的。可是，新的自己并不是一定无法创造出来的。有的人不信邪，创造出和去年完全不一样的自己，在年末用高唱凯歌的方式取代嗟叹，悄悄地发出欢呼的声音，这种情况在社会上也不少。如此看来，如果没能成功地创造出全新的自己，那么可以说并不是因为这件事行不通，而是因为你的时间没有花在这件事上。

这跟同样的货币在同样的时代里有着相同的价值的道理是一样的。如果去年和前年的自己都是一样的，那么自己所接受的命运也是一样的。也就是说，如果你无法打造出新的自己，你是无法获得新的命运的。同样的自己只会重复同样的状态。而且，在多次重复这种状态的过程中，时针的发条逐渐松弛，人的活力也会逐渐减少，最终不仅无法获得幸福，就连获得幸福的盼头也会丢失，麻木度日。因此，你需要先将幸与不幸置之度外，保持平常心。如果你对过去的每一年都感到不满，不断地重复着感叹、许愿，许愿、感叹的话，那无论如何也要奋起，自我革新，只有在新的命运下才能迎来新的境遇。那么，到底要怎样做才能自我革新呢？这是眼下迫切的课题。

要考虑这个问题，我们得先考虑另一个问题。我们必须先搞清楚应该通过什么来革新自己。也就是说，通过自己革新自己，还是借助他人革新自己。假设这里有一块天然岩石。这块岩石有一定的形状和性质，在漫长的岁月中重复着同样的命运。为了给这块岩石以新的命运，将这块岩石翻新就行了。也就是说，通过他力，将岩石凹凸不平的地方变为可以使用的状态，或者让它的表面富有装饰性，那就会使得岩石可以用于建筑或者是作为器材使用。这就是通过他者革新自己，从而顺其自然地获得了新的命运。再举一个例子，假设有一名医学生，多年来一直参加从业考试，却每年都重复着同样的命运。这个医学生在某一天早上领悟到，同样的货币只能拥有同样的价值，于是发奋学习，如果最终他能够通过考试，获得从业资格的话，那这就是通过自己达到了自我革新的目的。

　　正如上文中的例子，自我革新有通过他者和通过自己两条道路。仰仗他人的力量，将自己的命运和自己本身都进行了一番革新的人，在社会上绝不少见。主动接近优秀的人、睿智的人、有眼界的人以及勤学者等等，向他们看齐，成为他们当中的一分子，并认识到，为他们工作也就等同于为自己工作，和他们一起发达进步，也就能和他们共享一部分命运，使自己获得出路。这样的事例在世间是存在的，绝不是什么值得羞愧的事情，也不令人厌恶，应该说这是令人尊敬的。在社会上往往可以见到，看起来并不是那么有能力的人，跟在其他人身后，数年过去后，那个人也成了有能力的人，开始崭露头角了。和他接近后，观察他，可以发现他已经不再是昔日的那个吴下阿蒙了，这个人的实际价值也有所增长，让人觉得现在他收获了幸运也并不是那么不可思议的事情。这是因为他从刚靠近那个人的时候开始，就通过他人来创出新的自己。因此，当他成功打造出新的自己的时候，他也就获得了新的命运。在这条通过他人之力改造自我的道路上，最重要的一点是，要经常保持着自己就是自己所靠近的那些人的一分子的心态，绝不能生出自作聪明或者为自己谋取蝇头小利的想法。

　　若想通过他人来实现自我革新，那就必须要抛弃过去的自我。既想着通过他人创造新的自我，又想着让自己保持着和过去的自己一样的情感和习惯，或是内心里竖起自成一派的屏障等，那就是一种矛盾，不仅不会产生任何的益处，反而会带来毫无裨益的劳烦。如果执着于自我，认为自己也是个尤物的话，那么就没有必要依赖他人。自己独立，继续保持原来一成不变的状态和命运，安心做自己就可以了。也就是说，没有必要创造新的自己。如果是树的话尚可弯曲折断，但若是化石，那是无法折断的。而在这个社会上，拥有着化石般的自我的人并不少。拥有着化石般自我的人，即使依赖他力，能受到他力帮助的情况也是很少的吧。藤就算攀附在竹子上也不会长直，但艾蒿与麻相交就会变直。在这个世界上，拥有艾蒿式自我的人不少。拥有艾蒿式自我的人，完全舍弃自己，追随比自己卓越的，也就是自己所憧憬成为的人，这不仅不是一件丢脸的事情，而且是合理的、很有智慧的。在古代的良臣中大概就有这类人的存在。

　　通过他力革新自己，首先要做的就是必须在他力中舍弃自己。净土宗①的信徒一旦依赖他力来实现愿望，就必须要舍弃半路学来的小聪明和一知半解的态度。然而，世界上也有无论如何也无法抛弃自我的人。那样的人只能依靠自己努力地打造出新的自己了。依赖他力是易行道，而依靠自力是难行道。如果用一种嘲笑谩骂的姿态去看的话，甚至可以说用自己的脚力让自己升到天空中，几乎是不可能的。正因为这样，所以世间大多数人每年都是又慨叹又许愿。他们一边想着打造新的自我，一边又因无法实现新的自我而年年岁岁都重复着同样的事情。但是，如果下一转语②的话，那就是"若非自己，那又会是谁想要革新你呢"。

在实际生活中，靠自创的方式提高围棋的技能是希望渺茫的，还是跟着水平高超的棋客学习进步更快。同理，在世间仅靠自己的力量打造新的自我，实现长年累月的进步的人是非常少的，大多数人还是依靠他力进步

---

① 汉传佛教十宗之一，其部分思想传入日本后，形成日本净土宗。

② "一转语"为禅语，即以只言片语，拨转对方的心机，使之冲破"玄关"，达到"柳暗花明又一村"的境界。"下一转语"，意思是根据自己的参禅体悟，给出勘验、印证机锋的个人心得。

的。然而，能靠自己打造出新的自己，确实是高尚且伟大的壮举。即使其结果不是那么振奋人心，但也不失为一件英雄之举。正所谓"海纳百川"，只要不丢失这个志向，哪怕跌跌撞撞、磕磕绊绊，只要跌倒后马上站起来，勇敢地前进，钝驽急蹄，岂无寸进？因此，年复一年、月复一月地努力，无疑可以带你到达好的境地。自我革新，换句话来说就是努力实现每个人的理想，因此不要说这仅是为了自己，正是有这样可贵的努力，这个社会才能进步。因此，这对于社会整体来说也是非常可贵的、值得赞许的事情。如果想要自我革新的人变少，那国家就会变得陈旧。满足于现状，意味着杜绝进步。不满足于现状，对未来致以殷切的期望，有着强烈的自我革新的意志，即是人的生命存在的根源。即使是依靠他力实现自我革新，信仰也是有了自己才存在的，也就是说，在依靠他力的过程中也有自力的作用。即使是依靠自力进行自我革新，自省的智慧实际上是从外界得到的馈赠。因此，依靠自力的过程中有他力的作用。将自力、他力强行严格地区分开来是非常困难的。可是，依靠他力就需要摒弃自我，这和选择坐船还是坐车一样，是非常简单的道理。你既然想要通过自己来革新自我，就必须用自己的手脚来前行。因此，立刻制订计划是很有必要的。那么话又说回来，到底怎样才能自我革新呢？

这并不是假设，人们实际上就是这样的。"某个几十岁的人回首过去，发现至今为止的自己和预期的自己相去甚远，时至今日，已经无法挽回了，于是决定发奋图强，打造一个全新的自我，让自己成为一个完善的人，实现自己的目标和希望，达到自己理想的境界。"这样的想法，正是普通且善良的人们的想法。然而还有一些人不会花心思去自我革新，他们只是等着崭新的、上等的命运出现在眼前，这种人没有讨论的价值，暂且搁置不论。眼下最紧迫的研究课题是，如何才能靠自己打造新的自我。准确知道着手处、立意点，在实际的场景中正确对应、处理，获得理想的效果，这是你我都想要的。

自我革新需要做的第一件事情，就是将你认为必须要革新的旧事物大刀阔斧地除掉，不留余孽。如果想要在生长着茂密野草的田地里种上品种优良的蔬菜，那就要敢于将土地翻新。当土地被翻新完毕，等到蔬菜收获季节来临的时候，多多少少都会收获跟过去不一样的命运。这是因为相信必须要先抛弃杂草才能种蔬菜，所以首先要将必须翻新的旧事物，也就是杂草，彻底地除去。

必须要革新的旧事物就是敌人。如果不完全去除杂草，就无法播种新的蔬菜。按照这个道理自然能明白，既然有自我革新的打算，那么无论是自己的心事还是行为，至少都要将你认为的必须革新的旧事物，大刀阔斧、当机立断地彻底斩除。但既然想成为全新的自己，至今为止的习惯也好，思想也好，一切消极的旧事物都要舍弃。只是这样一来，可能会产生留恋之类的感情，导致难以舍弃。如果在拔去旧牙齿上面犹豫不决，对新牙的成长并无好处，"稂莠不锄，嘉禾不茂"就是这个道理。要把去年的自己当作是自己的敌人来考虑。至于什么样的东西是必须舍弃的则因人而异，想必人人都能自知吧。

具体来说的话，是这样的。向来不健康的人认为，不健康是导致一切不好的事情发生的根源，所以必须要革新自己，成为一个健康的人。如果是这样想的话，那就要改变对待自己肉体的一贯做法。首先，必须斩断弊端显著的地方，努力做到这一点，改变自己。例如，要战胜胃病，那就必须放弃暴饮暴食。为了能给暴饮暴食找借口，侥幸地想就算多吃一点，只要多运动就好了。这种想法是不对的。不拔杂草，只要多浇肥料，蔬菜也能生长，这样的道理在一定程度上是成立的，但总的来说并不是正确的理论。如果保持着和过去同样的行为，那么获得同样的身体状态也是理所当然的。想要获得跟过去不同的身体状态，就要像对待宿敌那样，舍弃一贯习来的身体行为。如果你想要获得跟过去相反的果，就需要播下和过去相反的因。在这个社会中，有不少人暴饮暴食，患上了胃病。他们借助药物的力量痊愈后，又暴饮暴食，导致胃病复发，永远在感叹自己的肠胃弱。暴饮暴食和健胃药的关系就像杂草之间的相互纠缠一样。只要两者都去除，你自然就能获得健康的身体。仔细观察慨叹胃病的人就会发现，他们大多数都是暴食者，或者有嗜酒的习惯，也不太爱运动。一旦谈及自己疾病的真正的根源——坏习惯，这些人可谓巧舌如簧，跟那些认为只要提供多于杂草吸收的肥料，不拔杂草也不会对蔬菜的生长产生影响的理论家如出一辙。既然想要革新自己，就不能取悦昨日的自己。无论是做什么，眼下要是不努力保持健康的话，那一切都有可能崩坏。虽然我很同情生下来体质就弱的人，但是如果能果断摒弃一直以来觉得是不好的事情，那么未必就不能收获健康的身体。我再重复说一次，必须要毫不留恋地将你认为的需要革新的旧毛病斩草除根。

　　不健康的人过度在意卫生问题，经常为那些毫无意义的事情感到烦恼，本身就是完全错误的。连牙刷、肥皂这些琐物也要神经过敏，将心思花在像消遣品、玩具之类的药品上，或者是纠结于药品到底是含着吃还是咀嚼着吃，他们根本不知道这些首先就是不卫生的。比起这些，戒酒戒烟、改变不规律的生活方式等，会让健康来得更快。如果有人觉得自己一直以来都受到了身体不健康的负面影响，是真的想要革新自己，给自己带来健康的话，那么就必须坚决改正到今日为止对待自己身体的方式。如果以后也对自己的身体采取和今日以前同样的对待方式的话，想要从明天开始就能获得和至今为止不一样的结果，这样任性的奢望是不可能实现的。就拿胃病来说，如果是因为吃零食而导致的，那放弃零食就好了；如果是好饮酒者，那和酒壶绝交就好了；如果是什么都乱吃的人，那就改变不均衡饮食的习惯；如果是异食癖，那就不要吃奇奇怪怪的东西；如果是长期坐着不动的人，那就抛弃坐垫，摔碎火盘，养成去户外运动的习惯；如果有过量饮用茶水的习惯，那就把小茶壶和茶碗闲置；如果是吸烟者，那就放弃香烟；如果想要拥有新的生活状态，那就必须改变自己的身体状态。因为你给身体带来了巨大的改变，所以你的身体和心灵肯定是无法畅快的，但如果无法坚持下去，那你就会永远被同样的胃病折磨，脸色发青，然后成为"胃病宗"的皈依者，最终因为胃病葬送自己的生命，这样也没有必要叹息或者抱怨了。如果讨厌右边，那就往左；如果讨厌左边，那就往右。遵照良医的诊断，改变自己的生活状态，如果这样还无法治愈胃病，那就是生命活力已经消逝的证据，没有办法了，但是大部分人都不是失去了活力，病没得治了，而是没有革新自己的生活状态。也就是说，还残留着直到今日为止的对待身体的方法，所以才会拥有和昨日一样的命运，痛苦不堪。如果不想像这个例子那样，被过去的命运生擒，那就只能改变旧的状态。

不仅是胃病，也有人常常吃粗粮，为体质赢弱容易患病而痛苦不堪；也有人过度吸取刺激物，陷于惆怅、忧虑、恐惧、担惊受怕等心神不安的状态；也有人不放弃夜间工作，得了眼病，变得虚弱；还有人为生活所迫，每天都坐着工作，导致运动不足，肌肉松弛，变得无精打采，令人同情；也有些可悲者，由于家庭遗传，被赋予了不好的体质，因此需要经常服用药物。但是，总的来说，如果你对过去的自己不满，那就改变自己过去的状态。然而，自认为昨日的自己还是有可爱之处的，所以既明白"酒在伤害我的身体"，又说着"无法戒酒"之类的话也是人们常有的行为。一边找到种种理由为昨日的自己辩护，一边期望结果比昨日好也是人之本性，是应该获得允许的。但是如果一直抱着这样的想法，结果自己无法成为新的自己了，那就什么用都没有了。也正因为这样，必须要当断则断。身体弱，一切不幸的根源就无法断绝，如此反复循环，一切幸福的源泉就容易干涸，所以你想要革新自己，那就要忍着苦痛，和给昨日的自己带来不健康的旧习战斗，并克服它，完完全全消灭它。

但是，也并不是说身体弱必然无法成事。身体虽弱，但意志强，那么就能有一日身成一日事。但是，倘若知道使得身体变弱的原因是什么，但又无法改正，这样意志弱，身体也弱，那么虽然这很可怜，但这个人是很难自我革新的，是没办法摆脱过去的状态的。那就是成不了事的。理应发奋，自我革新。

惜 福 之 说

　　出海遭遇风浪没有什么值得大惊小怪的。水面开阔，有风也纯属正常。如果那风与我们前进的方向相同，我们称之为顺风，为能受到它所带来的好处而喜悦；当风与我们的前进方向相反时，我们则称之为逆风，为受到不好的影响而悲伤。而遇到既不是完全的顺风，但也不能说是逆风的横风时，可根据操帆使舵的技术和自己帆船形状的好坏优劣多多少少对风加以利用。所以，通常在这种情况下人们反而都不会把风有没有利挂在嘴边，也不会有"有福""没福"之谈。

　　在这种情况下，风原本是没有福风和无福风之分的，同样是南风，对于北行之舟来说是福，对于南行的船来说就不是福了。为顺风而高兴不已的人所遇到的风，同时也是为遇到逆风而悲伤的人所遇的风。被当作是无福的风，也正是被当作有福的风。这样看来，受到福荫的船和享受不到福荫的船遇上的都是一阵风，所以并不是享受到好运的船善良而享受到了福报，也不是没有受到福的船不好而没有受到福，这只是冥冥中的巧合，并不是通过某种考虑或计划，就能万无一失。

可是，如果把有福气与否当作是偶然的因缘巧合，那么风本身有没有福的这种逻辑，以及甲所认为的福风和乙所认为的无福风是同一阵风的道理虽说是说得过去的，但那也太过于武断了。风无疑是难以预测的，但也并不是说完全无法预测。因此，在即将驶船出发之际，进行充分的讨论和测量，预测好对我方有利的风向，在有把握之后，如果是第一次出海的话，十有八九会得到福气。就因为这样，将有福气与否归因于因缘巧合，这个解释是无法令人信服的。

人在社会中的遭遇可谓千头万绪，普通人动不动就说出来的"福"字，指的是在社会这片海上，通过无形的风力，轻松地到达好位置，或者是获得权势，成为富人。因此他们所说的得福，即富贵通达，或者是代表富贵通达的一部分。

想要得福绝不是最上等的愿望。在世间，比起得福的愿望，还有位于更上层的美好愿望。然而，还不是上等人物的人，要想得福也绝不是不可能的，再说了，也不应该对此强加批判和攻击。可是，想要得福的心情强烈至极，虽不至于做迷信淫祠邪神，谄媚讨好白蛇、妖狐这样丑陋的事，但是在世间，多少人孜孜不倦，勤勉无比，都是为了得福。只要一想到这，我就想针对福来说几句，这不会是没有意义的。

太上立德，其次立功，再次立言。大概对这些人来说，福祸吉凶本就不值一提，没有深入研究思考的价值。如果只是为了得福而煞费苦心来思考这些的话，其弊害就会变得难以补救，思考与研究也只会停留在"怎样才能得福"的问题上，或许还会有偏离人生的正道而走入邪门歪道的危险。从根本上来说，在处事接物方面，我们当然应该思考"当不当"，而不应该讨论"福不福"，但是在这里说幸福论，只会言之无物，除了无法让人往正道上前进之外别无他用。如果要过于强调正与邪的话，则会有让人变得狷介偏狭的倾向。多谈福祸，往往会使人变得卑微。这个实在是太难用语言表达，意会我的意思即可。

所谓幸与不幸和顺风、逆风是一样的，也就是说，这是根据主观来判断的，并没有严格的规定。大致上，世人所认为的幸福和不幸的概念是固定并且一致的。因此，只要观察遇到或得到幸福的人，以及并非如此的人，就能感受到微妙的差异。话说观察遇到幸福的人，会发现他们很多都是用心惜福的；而观察不幸的人，会发现他们十有八九是一点都不惜福的人。珍惜福气的人并不一定就会遇到福气，但可以肯定的是，不能忽视惜福的心思和福之间的关系。

至于惜福是什么，其实就是指不要将福气挥霍殆尽。如果一个人掌中有百金，全部挥霍殆尽，不留半文钱，就是没有惜福的意识。除了正当的使用外，不滥用、不随随便便地妄掷浪费就是惜福。假设我从我的母亲那收到了新衣服，由于我非常喜欢这件漂亮又温暖的新衣服，明明旧衣服都还没破，我便穿上了新衣服，将旧衣服塞进衣橱里，任由它发霉、沾尘，这就是缺乏惜福的心。要想感谢慈母的厚恩，就不要过分地穿新衣服，旧衣服还没有破的时候就将旧衣服作为日常穿着的衣服，新衣服只有在冠婚葬祭这样举行仪式的日子里才穿。这样做的话，旧衣服作为旧衣服的使命终结了，新衣服也发挥了新衣服的作用，在他人面前既保持清洁大方、不失敬意，自己也像是谚语中所说的那样，避免了无论正式还是非正式场合都只有一套衣服的寒碜之态。这样做就是惜福。

　　无论是树上的果实还是花朵，结十二分的果，开十二分的花的时候，收获丰硕，姹紫嫣红，这是肯定的。但那不是惜福，二十轮的花蕾摘去了七八朵、十来朵，果实还没有结一百颗的时候就摘去数十个，这才是惜福。如果开花和结果都有十二分，那树木就会疲惫。如果只有七八分的话，那花朵会更大，果实也更丰厚，树木也不会疲惫，明年还可以开花结果。

　　有句谚语，说"好运来七次"，意思是无论是什么人物，总会有和幸运碰面的时候。在那时候，尽情地享受幸运，得意忘形，就是不惜福。有节制地控制自己才是惜福。也就是说，不取尽福气，不挥霍无度的才是惜福。因为自己是长子就将父母留下的十万日元①遗产全部占为己有，不分给弟妹与亲戚，这是缺乏惜福的心。如果分给弟妹与亲戚，就等同于将那部分的福存起来。这就叫作惜福的心，也就是不将自己的福分取之殆尽。他人对自己十分信赖，如果说有十万日元可以无息借给你的时候，你喜出望外，借走了那十万日元，丝毫也不觉得有什么不妥，可是这就缺乏惜福的心思。借一部分，或

---

① 大致和现在的一千万日元相当。

提供担保，或者支付一定的利息，才意味着珍惜自己的福气。也就是说，不将自己能自由处理十万日元的福分一次性用光，留有一定的余地，就是有惜福的心思。不可以将勤俭节约和吝啬理解为惜福，不取尽、不用尽所有能享受到的好处，为无法预测的将来预留积存，才叫作惜福。

这种做法在当时的人看来，可能会觉得迂腐、愚蠢，或者是觉得矫揉造作，伪装性情。这到底真的是迂腐还是愚蠢，与其受别人指指点点，还不如交给实践去检验。但是，常人不像圣贤那样天生禀赋纯美，是不能放任其自然发展的。曲竹大多需要加以矫正，不用矫正就能长好的只有笔直的竹子。粗木大多需要涂染才能派上用场，保持原样就非常优质的，只有纹理细腻的、坚实饱满的良材。如果你不是抱有妄想之人，那就反躬自问，修正己失，这是任何成功、正直之人都不可或缺的品格。

这些言论姑且他日再论。总之，如上所述，积累福气的用心之人，仍会不可思议地遇福；而缺乏惜福心思的人则会不可思议地错过福气，这是有趣的现象。假如以被称为世上的有福之人的富豪等为对象，调查一下是经常用心惜福的人多，还是不用心惜福的人多的话，无论是谁，都会认为多数的富豪都是懂得惜福的人吧。反过来，世界上既有颇有才干的人，但也免不了有大起大落、沉沦世间、薄福寡幸的人。而你可以发现，他们大多数都是缺乏惜福之心的人。

同样的事例，在从古至今的有名的有福之人传记中很容易便能看到。能像平清盛①那样有福分的人是很少的。可是，他缺乏惜福的用心，病中含恨而死，家族败落，一族人被灭门，这也是众所周知的。木曾义仲是攻陷平家的大功臣，可没能惜福，作为旭将军的光环也恍惚间就消逝了。源义经也有着消灭平家的大功，只可惜，他趁着朝廷册封时私下受领官位，犯了兄长的大忌，不得善终。虽然赖朝的猜忌是无法避免的，但是义经不懂得惜福，也确实是导致不幸发生的原因之一。东照公②与太阁秀吉相比，在计略方面要略低一两段，但是在惜福方面，家康公却比秀吉领先许多。家康公连一张纸巾也不会随便丢弃，由此可知，与以宴乐的豪华为骄傲的秀吉相比，家康公是多么珍惜福气。小到一片旧纸也舍不得扔，大到给子孙留下了庞大的财富，那些财富被用

---

① 平安末期武将，创建了平氏政权。
② 即德川家康。

来巩固了德川氏早期家族的根基，可想而知他有多么惜福。当时的诸侯都是在马背上叱咤风云的英雄，个个都骁勇善战，但每个人都不谙惜福，多数人生活拮据，收支紊乱，无法支撑自己的生活，最后导致威严衰减，家道中落。更有甚者，落得财产尽失，封地被夺的下场。例如三井家、住友家和其他的旧家族，以及酒田的本间氏这样能绵延永续的大家族，据调查，发现他们都是通过惜福而福不竭，在福不竭的时候又遇到了新的福气，才得到今天的成就。

或贪吃粱肉，于灯红酒绿间狂呼；或一掷千金，大醉淋漓，纵情声色。这样确实是豪放，但实际上像极了从监狱里释放出来的罪犯在饥渴之极的时候遇到了娑婆①风味，纵情享乐，其状可怜得让人悲悯，没有一点庄重的样子。这就跟"没能力又心急的人是吃不了热豆腐的"是同样的道理，不能惜福的人也就是没有能力且心急之辈，能惜福的则是有能力、心胸宽广的人。从这点来看，经常惜福，这个人已经是有福之人了，所以即

---

① 梵语音译，指释迦牟尼进行教化的这个世界。这里指与军队、监狱等自由受到限制的世界相对而言的，外部没有束缚的世界。

使不断地遇到福气，也不至于大惊小怪。纵观世上，张三李四之辈，即使平时偶然会遇到福气，但只要一遇到，他们就像刚出监狱的人急于饱醉一样，如饿狗遇肉，猛火燎毛，不马上将福气取尽、用尽便停不下来。因此就算在短时间内福气不再光顾，那也没什么好奇怪的。

　　鱼是一种可以一次产数万个卵的生物①，尽管如此，若不采取保护措施，竭泽而渔，那么在不久的将来，鱼就会灭绝。更不用说人的一生中只会走"七次"运了。我们也会遇到缺乏惜福的用心、糟蹋福神的人，那为什么他们就不会形迹消亡呢？家禽在爱惜家禽的家庭里繁衍，草在对草留有一线生机的自家庭园里茂盛生长，福也会来到对它不取尽、用完的人的手中。世上尽是想要滔滔不尽的福分的人，而能够好好惜福的人又有多少呢？都是只要一遇到福气，就表现得如同刚出狱者般的态度的人。偶尔有不取尽福分但将它挥霍殆尽的人，或者是不把福气挥霍掉但将它取之殆尽的人，真正惜福的人甚

---

① 　鱼的产卵数量与生态环境、鱼的品种有关，几十至几十万不等。这里作者的观点有失偏颇，鱼的产卵量不可一概而论。——编者注

少。因此，世界上有福之人少并不是没有道理的。

个人缺乏惜福的用心，无法享受到福气的好处，这个道理放到集体或者国家层面也是成立的。比如说水产业，只致力于捕获珍贵的海兽而不注重保护，其结果不就是导致我国沿海的海獭、海狗稀少了吗？也就是说，不用心惜福，而使得福气干涸了。过度使用蒸汽拖网围猎，结果导致欧洲尤其是英国的海底鱼类变得稀少，最终沦落到要靠将拖网渔船远销给日本等国家获利。这也是涸福招来的不利的结果。山林也有着同样的命运。滥伐山林，不惜福的结果是，到处都是秃山、枯水，土地、气候遭到破坏，使得气候失调，一旦下暴雨，就会山崩水涨。砍伐树木无疑是可以获利的，但如果国家能积福、惜福，山林会永远繁茂。捕鱼无疑也是可以获利的，但国家惜福，水产的繁殖会得到保障。山林有轮伐法、择伐法，水产有划地法、限季法、养殖法、渔法制度，如果能实施这些举措，惜国福，那国家也会成为福国。

为什么惜福者会再遇福，不惜福者会离福越来越远呢？这只是我们在这个世界上公认的事实，其中的真理并不掌握在我们手中。可如果非要解释的话，那就是惜福者招人喜爱，值得信赖，而不惜福者被人厌恶，让人心生畏惧。惜福者屡屡有福运来访，不惜福者终将渐渐看不到福运的来临，这也是自然而然的道理。正如前面所举的慈母赠衣的场景，惜福者的举动的确激起了妇人的喜爱之情，使母亲认为"我的孩子很珍惜我给的东西"，从而感到愉悦而满足。与此相反，看到不惜福者粗手粗脚地把新衣服穿得变形了，而将旧衣服压在柜底的时候，即便是再怎么慈爱的母亲，即使不至于因此而减少她的慈爱，但肯定也会感叹："哎呀，怎么就这么粗暴地对待我给的东西。"人都是有感情的生物，如果能心满意足，还有可能再次为你做新衣，可若是一点也感受不到愉悦，那即使再给你做新衣服也有可能不那么用心了，劲头上多多少少会有点差别。如果是亲生母亲的话那可能不会有很大差别，但如果是继母的话，会不会对不惜福者生出厌恶，或者是否会因此再也没有爱心之举了，就不得而知了。无担保借钱也是同样的，惜福者会支付利息，提供担保，或者是减少借贷的数目，这会加深出资者对你的信赖，因此之后再次申请借用，对方也会马上就答应。但不惜福者的行动则是，即使在当时的出资者看来没有什么惹人讨厌的地方，但出资者的家人、亲朋好友乃至用人等都用一种戒备的眼光看着你，说不定什么时候就从这些人的口中放出种种厥词，最终使得出资者也产生了戒备心理，以致在畅通无阻的路上设置了障碍物。这两个事例实在都是琐碎的事情，但万事都在冥冥之中上演着这样的道理，惜福者屡屡得到福运的来访，而不惜福者则逐渐看不到福运的身影。

分 福 之 说

　　与理应重视惜福一样，分福也应该被摆在尤为重要的位置。惜福是将福聚拢在自己一个人身上，多多少少有些消极的倾向，而分福是将福气分到他人身上，自然是积极的。准确地说，惜福并不一定就是消极的，分福也未必是积极的，但惜福和分福自然而然地形成了消极和积极两种相对的状态。我在前面已经说过了惜福。

　　说到分福所谓何物，就是将自己可以得到的福与他人分享。例如自己拥有一个大西瓜，在无法吃完整个大西瓜的时候，把一部分留下来，是谓惜福；而将一部分分给他人，让他们和自己一同享受同样的美味、同样的幸福，则谓之分福。无论是用心惜福的时候，还是不用心惜福的时候，将自己可以享受的幸福的一部分拿出来，分与他人，让他人享受和自己同样的幸福，不管有多少，能让别人也获得享受，那就是分福。惜福说的是不对自己的福气取尽、用尽；分福说的是将自己的福分与他人分享，因此两者实际上互不相同又互为补充。惜福是自己抑损，而分福是赠予他人。因此前者是消极的，而后者是积极的。

　　如果只是从一时的言论或者眼前的状态来看的话，惜福指的是无法充分保障自己的幸福，所以要将其中的一部分交给无法清楚预知的未来或者命运，预存囤放；分福是不十足地使用、享受自己的幸福，而将其中的一部分分享给他人。因此从自己不十足地享受幸福的这一点来看，两者是完全相同的，而且两者都是让人减少当下可以享受的好处，接受不利的一面。然而，惜福是为了间接成就更大的利益，好好惜福是为了能让福运再次降临；而分福是让分得自己福运的人间接地接受福运的来临。

　　世上还有人明明拥有大福分，但由于贪婪鄙吝的性格，一点也不分福，把忧愁分享给他人，好事却一个人独占。做着谚语所说的"在厕所里吃包子"① 的卑劣行为，然而在心灵深处还将这种行为当作智慧的，也大有人在。的确，如果单纯从眼前来下论断的话，比起与他人分福，独占福气所能享受的福分无疑更多。可是，想

————————

① 形容想独自一人得利。

要自己一个人享受福气的心，即想独揽福气的心，实在狭隘且吝啬。换句话说，不就成了"享受不应当的福分"吗？假设有一瓶好酒，如果独自喝完，则足以醉倒，但若是与他人共饮，则大家都不足以喝醉。在这种情况下，自己一个人饮尽，不分给同席或者同一个公寓的人，那就是独占福分。尽管这已经超过了自己的酒量，依然要将它喝完，这是不惜福。若是和他人共饮，虽然只能浅尝辄止，仍然不忍独自享受，这就是分福。与其说不惜福之人是品德卑劣的，倒不如说是悲哀的。

不分福者的吝啬的心亦如此。这跟饿犬护食是一样的，如果要用"人类也是一种动物"来作为依据的话，那岂不很煞风景吗？饿犬护食是因为它是生畜不得已而为之，但既然生而为人，还表现得与生畜没有多大区别，那就实在是太让人难以接受了。从生物学家的角度来说，人类也不过是一种动物，实际上和地上走的、天上飞的动物并无太大的差异。但尽管如此，既然人类起码是属于动物中最高级的，那么就应该拥有其他动物所不能及的高尚且优雅的心，即见贤思齐、克己复礼这样的崇高的美德。否则人类和其他动物就没有任何区别。克制自己、礼让他人，这样的美德在其他动物身上是几乎没有的，只有人类才有。物不足而心足，欲不满而情甘，这也是动物没有，只有人类才有的智慧。大概只有养成这样的心境，人类才能稍微立于比其他动物优越的位置。不然人和动物的差别要从哪里才能看出来呢？

一瓶酒，不足以醉人，也要将它分与其他人品尝；半鼎肉，还不足以食足，但也要切成小份，分给其他人。这样的分福举动，实际上正是表现了人既不是饿犬，也不是贪狼的特质。与其说这只是论证得福之道的一条法则，还不如说这体现了作为人类的高贵的情感。正因为有这类高贵的情怀，我们的社会才脱离了"野兽山禽式社会"，成为更加高尚的存在。这样的情怀不但能给人带来"超越物质的高尚的幸福"，还可以给他人带来物质上以及心理上的幸福。也就是说，这样的行为是让人类社会变得高尚、善良和愉悦的重要因素。

一瓶酒、半鼎肉，分与不分，固然琐碎。但是，那瓶酒和半鼎肉的分享与被分享，激发了人们非常浓厚、美妙的感情，而作为激发出这种感情的结果，它所产生的影响绝不是琐碎的，而是非常深远的。如果翻阅古代名将的传记，你会发现为了给士兵分福，带去一些福利，古代的名将有过多少的临机应变。反之，愚将弱卒等则经常缺乏分福的用心，行为吝啬。有将士在酒少人多的时候把酒倒在泉水里和大家一起饮用，这是将分福贯彻到底的极端的例子。[①] 虽然他很清楚，将酒洒在流水里，是无法令任何一个人品尝到酒的甘甜的，但依然不忍独占福气，而是和他人分之，这样的情怀实在是包含着仁慈宽宏之德。在那种情况下，舀起流水饮用的士兵固然是不会因为这些酒而醉的，但那种无法言说的慈爱，却是让人不由得陶醉的。面对如此爱护部下的将领，部下哪怕是舍身也要为将领所用。想要成为在人之上统领众人的将士，必须要在福的方面贯彻到底。鸟宿于荫深的枝头，人依附于慈爱深厚的地方。慈爱深厚的人的感情只可见于两处：其一是为人分忧解难，其二是将自己的福分享给他人。为人分忧解难在此处先不提，分福的心实际上就如同春风般柔和，如春日般温暖。因此，如果人真的拥有分福的心的话，那不管分的一方的福是否实际变少了，享受分出来的福的人都会心怀感激，好比虽

---

① 典故：霍去病分酒。霍去病率大军奔赴前线，汉武帝为了表达自己期盼霍去病取胜的心愿，派人送去两坛美酒。霍去病为了让士兵共享美酒，将将士们召集到清泉周围并将美酒倒入泉水中，然后下令让大家汲取泉水，共享美酒。

然"春风虽柔和，长物之力莫如南风；春日虽暖和，烘物之能不及夏日"，但春风与春日还是会让人无限感怀。因此，没有分福的心思的人，会不可避免地、自然而然地变得寂寞。相反，善于分福的人，自然会在他周围形成和气祥光的氛围，众人都会将心靠近他。

个人如果能同时兼顾到惜福和分福，那么他其实已经可以说是有福之人了。然而，纵观世间，懂得惜福的人，大多数往往不分福；懂得分福的人，大多数也往往不懂得惜福。这让人感叹、惋惜。不花心思惜福的普通人，不值得爱惜器重；缺乏分福的美德的人，作为人上人的，也不值得归顺信赖。人，尤其是出身平凡之人想要渐渐在社会上立足，那就必须要惜福。若不惜福，那福气就无从积累，人也只会永远处于无福的境界。如果不想分福，那么这个人永远只会停留在靠自己的一手一脚获得福气的小境界，终归不会从其他人身上得到任何的福分。

我如果能分福与人，那么人们也会分福与我，即使对方没能分福与我，大家的心里也都默默地祈祷我能有福。假设有一家店铺的老板，如果老板将利益分给员工，员工从老板处得到福利，也就意味着自己能获得福利，因此会勤勉工作，努力让老板盈利，这是毋庸置疑的。相反，如果老板获得利润也只是让自己的荷包膨胀，对员工等丝毫没有分福的行为，即使员工对于无法获得与劳动力相当的报酬没有抱有任何不满或者认为不公平的心态，老板盈利与否对于自己来说也就是不痛不痒的事情，最终会使得老板真正获得福利的次数减少，其也就错过了获利的机会。由于这个世界上存在着契约、权利义务的观念，法律、道德等种种枷锁，即使缺乏分福意识的人也不会立即就陷于不利的境遇，但是总的来说，缺乏分福意识的人可以说是处于只能依赖自己的手脚的处境。因此，通过他人的力量得福的机会必然是少的，社会中每天都在上演这样活生生的例证。

从根本上来说，没有什么力量比集合众人之力的力量更大，也没有什么智慧比群智更高。高山大泽里的飞禽走兽，单凭一人的手脚之力是无法将其征服的。大事、大业、大功、大利，怎么能仅凭一人之力就成就呢？因此，想要获得大福的人必须能与人分福，不独揽福气，希冀靠众人得福。也就是将自己的福气分与众人，然后依靠众人的力量获得福气。缺乏分福意识的人，尚不足以招来大福。

福运大多眷顾有充分的惜福意识之人，这是实实在在的事实，有十足的分福意识的人也往往容易受好运青睐，这也是显而易见的事实，都不用去查历史上的古人，单是考察我们所熟知的今人就能马上知晓。尤其是在还没有飞黄腾达的时候，只要有惜福的意识，人就能逐步积累福气。对于已经逐步获得发展，开始崭露头角的人来说，只靠惜福的意识是成不了大器的，必须还要有分福的美德。作为从商者，对员工、合作伙伴和交易商，时常有分享自己的福分的觉悟和行为，这些人自然地就会为老板祈祷福运来临，因此就像天意会青睐众望所归之人那样，他肯定会得到福运的青睐。从事农业的人也是一样的，无论是对农户，还是对肥料商、种苗供应商，常常怀有分福的温厚情感，农户耕耘会变得恳切周到，因此农作物会被打理得很好，肥料商也不会提供品质低劣的产品，产品效果也会出类拔萃，种苗供应商也会提供优良的种子和育苗，收获也会更胜一筹，就是这个道理。

凡世间之事就如钟摆一样，指针时左时右，摇摆不定。俗话说得好，"天道好轮回"，实际上正如其所言，你分福给别人，别人也会分给你。无论是经济、政治，还是其他什么领域，都是同样的道理。因此不管怎样，疏于分福的人想要立足于人群之巅，是非常困难的。

东照公在惜福意识上比丰太阁更胜一筹，但在分福方面则是太阁更加出色。太阁很早就建立起自己的功绩，而东照公相对较晚才打下自己的天下，虽然这绝不会只因为一两个理由，但是太阁分福的功夫做得非常到位确实是其中的理由之一。东照公的臣下，大多数都没有得到封地，德川氏谱第恩顾者①，大多数也没有被赐予高额的俸禄。与此相反，太阁是一个对其臣下很爽快地赐予丰厚俸禄的人。有人认为，在这一点上太阁是前无古人，后无来者的。对加藤清正、福岛正则、前田利家、蒲生氏乡等人——有的是一开始就追随他的臣下，也有的是中途归属于他旗下的人——都毫不吝啬地分福、施惠，这是太阁的一大美德。即使只是一名勇者，也会被赏赐数十万石的俸禄。也就是说，只要太阁能获得福分，臣下也会必定得到他的分福。主君能夺下一国，那么臣子也会获得一个郡或者一座城。无论是臣子还是旗下的人，都为了主君尽犬马之劳，血战沙场也在所不辞。这

① 指被德川氏封赏的谱代大名。

无疑是太阁早早就夺取天下的根本原因之一。

蒲生氏乡无疑是个有着雄才伟略的大器之才。然而，在去会津上任之际突然被赐予了百万石的高额俸禄。蒲生氏乡夹在居心叵测的伊达政宗和德川家康之间，因为丰公进行了一番焦虑挣扎，绝对不是偶然的。消灭北条氏之后，丰公赐予德川氏的封地实际上是关东八州。德川氏焉能对丰臣氏抱有异图呢？太阁曾经在宴安席上说："没有人会对我抱有谋反之心。像我这样好的主君，在这个世界上没有第二个了。"实际上，太阁的这番话在当时来说，正说明了太阁是不吝分福的天下第一人。

如果阅读氏乡的传记，你会发现上面记载了一个故事。在英雄群集的宴席上，讨论关于秀吉若是有什么三长两短，谁会成为天下的主人的这个问题，氏乡回答说会是前田的老父亲。于是，他又被追问，除了前田殿下之外呢？氏乡回答是他自己。惊讶于氏乡的眼中竟然没有德川氏，有人便问道："德川殿下如何？"这个戴着银色头盔的氏乡笑了笑，回答道："像德川这样对他人一毛不拔的人，会有什么成就呢？"在氏乡的心目中，似乎平时就对德川公抱有一些想法，所以那有可能是一时逞口舌之快，而且这件事也并不一定可信，但是氏乡的话语的确刺中了德川公的短处。

实际上，正如氏乡所说，德川公并不是一个给予臣子丰厚赏赐的人，因此这个遗留下来的制度，导致直到明治维新之前，德川氏的谱代大名都是小禄薄俸之徒，真正愿意为德川氏尽力的人力量小、势力弱，最终被关原一战的败兵长州藩和萨摩藩等外样大名①所压迫。太阁虽然惜福意识不足，但却有着十二分的分福意识；而东照公在惜福意识方面很突出，却缺乏分福意识。

平清盛是一个缺点很多的人，然而在分福的意识方面却可以打十二分，像他那样不惜将福利分与全族的人，在日本史上是少见的。和平清盛相反，赖朝实在是个不分福的人，在奖赏佐佐木之功②的时候，声称应该赏赐半个日本云云，但后来却并没有兑现，因此佐佐木皈依了佛门。其弟义经、范赖不仅不会轻易分福，相反还会嫁祸于人。为赖朝家出生入死的人少，而平家忠臣多，并不是偶然的。拿破仑也是一个懂得分福的人。其一族及旗下臣民等，因为拿破仑而获得巨福的人，多得数不

----

① 江户时代，指在关原会战后才臣服于德川氏的大名，与谱代大名有严格区分。
② 指高纲石桥山合战。

胜数。当他失败，再次向欧洲高举战旗的时候，其气势如同暴风巨浪般，也不是没有理由的。足利是个有不少缺点的将军，但是在分福方面深得民心，因而可以压倒新田义贞和楠木正成那样智勇双全的人。在当今世上，芸芸众生，又有谁能惜福，谁能分福呢？大家可以试着屈指数一数，同时参考他们成就的大小，更会有一番趣味。实际上，人们不仅应该惜福，还应该分福。

植 福 之 说

　　人人都知道羡慕有福之人，而不知道还有更值得羡慕的；人人都知道应该敢于惜福，却不知道还有应该更加敢于去做的；人人都知道应该学会分福，而不知道还有更加值得学习的。有福是应该值得艳羡的，拥有福气就等同于射出去的箭往天上飞时的状态，力量用尽之时箭就不可避免地下落，同样的，带来福气的原动力被耗尽的时候，也就是失去福气的时候。惜福要大胆为之，而且珍惜福气就像是不要妄自取出炉中的炭火一样，不管把惜福做得多么极致，如果不加入新炭，炉中的火势和火力是不会变得更大的。我们应该学习分福，这是毋庸赘言的。分享福气就如同与人共食熟透的美果，食完即空。人悦我悦，那时候做的不过是加减乘除，关键是，虽然获得了别人的愉悦，但也只不过停留在比独乐好一点的程度罢了。有福、惜福、分福，都是好事，但相比起来，更加上等的好事是植福。

　　植福是什么？就是用我们的能力、情感和才智，给人世间带来可以称为幸福吉祥的物质与智识。也就是说，能增加、扩大世间幸福的行为谓之植福。这种行为是值得尊敬的，有常识的人自然能理解这一点，但让我们暂且不必深究，尝试着阐明什么是植福。

我虽然只讲了"植福"，但是植福的这个单一行为，本身就拥有双重的意义，可以产生双重的结果。这里的双重意义、双重结果，指的是植福这一行为，在给自己植福的同时，也是在为社会种植福气，因此拥有双重的意义，他日自己收获其福气的同时，社会也同样收获了福气，因此产生双重的结果。

现在，我在这里展示最琐碎但同时也最浅显的一个例子：假设有一个人，在他的庭院里有一棵苹果树，这棵苹果树每年都会开花、结果，它为人们提供了甜美、清爽的味道，确实可以让人感觉到幸福。于是，这个人是拥有幸福的，也就是说，是有福的。他没有选择让那棵苹果树不断多产，而是保持果树的坚实和健全、繁盛，即是惜福。尽管能收获硕大且甜美的果实，但并不自己独享，而是分给亲朋好友，就是分福。有福这件事情本身是没有什么好坏之分的，但惜福、分福则是大家都会褒奖的事情。

　　这些已经叙述过了，但要说植福是怎么回事的话，就是重新播下苹果种子，培养成树木，就是植福。种下同样的树苗，培养成树木，就是植福。还有，在坏的树木身上接种良树的枝丫，让它结出甜美的果实，也是植福。一发现有因虫害而逐渐枯萎的树木，就进行药物治疗，让它恢复生机，这也是植福。但凡能助长天地间的万物生长，或者是对增进人畜的福利有帮助的事情，就是植福。

　　不要轻视一棵苹果树。一棵树可以结数颗、数十颗乃至数百颗果实，其中的一颗果实能生出数棵乃至数十棵的果树，果和树之间相互交叉循环，以至于可以培育无穷无尽的新树，可以产出无穷无尽的果实。因此，虽然种植一棵树是一件非常微小的事情，但是其中所包含的将来，是极其久远且宏大的，而这久远且宏大的结果，实际上会牵动着人们心中不起眼的想法，一心一念的善良之举，可能会给将来带来无穷无尽的福气。如果一棵果树能经得起霜虐雪压，必然会在一段时间后从无生有，结合地水天光，结成甜美芬芳的果实。既然已经结有果实，必然会让品尝其味的人感受到幸福，无论是主人自己品其味，还是主人邀请亲朋好友品其味，又或者是被主人销售，让其他人品尝其味，想必许多人可以享受到造物主赐予人间的福惠，洋溢出满足的喜悦之情。这样一来，虽然培育一棵树，使它长大成树，确实是一件琐事，但是无论对自己还是对他人来说，都是幸福的源头。因此，将此称之为植福，是没错的。

大致上，像这样培育幸福和好事的源头的行为，就叫作植福。通过这种植福的精神和作为，世界不知进步了多少，幸福了多少。若人类没有植福的精神和作为的话，即使人类再勇猛，从几千年前的古代开始，恐怕至今都还是在与狮子、熊等野兽为伍；即使再有智慧，至今依然和猿猴、猩猩分林相栖；即使有社会组织的意识，至今依然是过着和蜂蚁无异的生活。所幸的是，人类从几千年前的祖先开始，就富有植福的精神，遵从植福的行为，因此一个时代比一个时代幸福。用祖先传下来的勇气所建设而成的人类的福祉比其他动物深厚；靠积累祖先的智慧而创造的人类的便利，是其他动物终究望尘莫及的；积累了祖先的社会组织的经验，才有了在其他动物的群落中无法见到的复杂且巧妙的社会组织。

有人认为，农业体现了植福的精神和作为，但其实可以说，农业中从事播种插秧的劳苦大众，是福神的化身，借助人的形象出现在世间，为了传播农业的福道而劳作。工业、商业亦然，而且如果所从事的行业能真正地为自己带来幸福，或者成为他人的幸福的来源的话，那么从事这些行业的人就都是种植福气的人。

仔细想来，如果想要收获稻米，那只有去种植水稻；想要收获葡萄，那只能种植葡萄。按照这个逻辑，想要得福，那唯一的办法就是种植福气。尽管如此，很多人认为种植福气是一件迂腐的事情，往往不屑一顾，这是非常令人遗憾的。

重复刚才植树的例子，既然已经植树一次了，那么这棵树对植树人、他人和国家的奉献是源源无尽的，因此没有比这个事例更能清楚地说明植福了。也就是说，被种植的福气每时每刻都在生长，一寸一分地伸展着，一点也不会停止，随着斗转星移，不知不觉地增大，不知不觉地结果。杉木和大松树之中也有参天大树。可是其种子用两根手指就足以摘取。植福的结果理应是宏大的，但是，被种植的福甚是渺小，这也没什么好大惊小怪的。

给口渴之人一杯水，这样的事情，无论是力气多么小的人都可以做得到；给饥饿之人施一碗饭，即使是贫困的人也能做得到。然而，世上却有人因怀疑这样微小的事情没有价值而不为之。这明显是一个错误的想法。一抔土里微小的种子也可以长出参天大树，从这个角度去理解的话，那也就足以理解那些微不足道的事情并不一定就会微不足道地结束的道理了。希望自己获得幸福才给予他人福惠，这算不上是什么尽善尽美的事情。但是，如果你意识到必须要植福，才做了可以植福的事情，这就比不植福要强得多。一盏水、一碗饭，对于口渴肚饥的人来说，会带来多少的幸福感啊！

这些在植福方面是最起码的事情，但也绝不是小事。因为同情他人的饥渴而救人于饥渴，体现了人和野兽最根本的区别，而这种人类情感持续积累，人类社会才得以发展成今天的样子。利用他人的疲惫困苦，将其搏杀吞噬，这是野兽的行为。因此，是否同情他人的饥渴虽然看起来是件小事，但却可以说是关系到人类社会能否存续的大事。

想必现今的我们和古代，或者说和原始人相比，是拥有莫大幸福的。这皆是前人植福的结果。也就是说，拥有苹果树的人，享受着种了苹果树的前人的恩泽。既然我们受着前人植福的恩泽，那我们也必须植福，将福气留给子孙。真正的文明，全部都是人人植福的结果。至于灾祸，全部都是人们烧尽福分的结果。我们必须要对自己将来的福利加以判断，然后不花心思植福也无妨。我们是在不满足于野兽的状态，也就是从非野兽的立场上植福。可以说，植福哉，植福哉，只有很好地植福，人才有价值。

有福，依赖的是祖先的庇荫，没什么值得尊敬的。惜福之人，得到人们的尊敬。分福之人，能越来越获得人们的尊敬。植福之人，人们才会说你是一个真正值得敬爱的人。有福的人有时候也会丢失福气；惜福的人可以保持福气；能经常分福的人向来可以做有利于别人的事情；至于植福的人，也就是造福。植福哉？植福哉！

努力之积累

如果给人类的行为加以种种分类，那分类可谓应有尽有。其行为的价值也会有诸多等级，但毋庸置疑，在诸多行为中努力的确是属于高级别的。如今，盛行于世的词语中有"奋斗"，这个词表达了和"努力"相近的意思，但是它适用于有预设的对手的情况，而"努力"则意味着不论是否存在对手，都要自己做到最好或者勤于某事。"努力"比"奋斗"这个词语所拥有的感情色彩，更能高尚、正直、明晰地表达出人类认真的意义。不得不说，世界的文明原本就是根植于"努力"二字，由此发芽、开枝、散叶和开花的。

但是，有一个说法看起来是"努力"的反义词，那就是"喜欢去做"。就是说，因为喜欢才去做。"努力"指的是忍受厌恶也要去做，忍受痛苦的心情，服从劳动，承担任务的姿态。可是，可以称之为"嗜好"的"喜欢去做"，是把痛苦完全抛在脑后，也完全没有厌恶的感情。"努力"和其意思稍微有所差异，它指的是即使在意志和感情忤逆的情况下，也能燃起意识的熊熊烈火。不被感情之水打败，而是不断升温，停不下来的状态。

某人忘我地全力投入、埋头苦干，这种做法与其叫作"努力"不如叫作"喜欢去做"更加恰当。世界的文明既有看起来是诞生于努力的时候，也存在似乎是诞生于嗜好的时候。例如，每每想到创造文明的恩人，也就是各个时代的英才为了某一项事业奋斗，将其恩惠留给后世的时候，既让人觉得是努力的结果，也让人认为是因为喜欢而投入的结果。根据人们的观察、解读、批评的方法的不同，得出来的结论也不同。然而，如果试着正确地解释的话，即使是"喜欢去做"的情况下，若没有伴随着努力，文明的发展也会半途而废。即使不至于此，也无法期待伟大的结果。无论是帕里西①制造陶瓷，还是哥伦布发现新大陆，皆是如此。无论是多么地喜欢而去做的事情，例如，即使有福之人从事园艺，其实也不乏感到痛苦的时候。也就是说，在严寒酷暑或者是遇到虫害时，需要繁杂地护理，细致且严密地观察，还要

---

① 伯纳德·帕里西（Bernard Palissy，1510—1589），法国陶艺家和科学家，制作的陶器以鲜艳的色彩和花鸟虫鱼的装饰而闻名。

时间不规则地劳动，若不努力就会半途而废，这也是常有的事情。换句话说，即使是"喜欢去做"，在这个过程中发生不好的事情也是常情。而发生不好的事情的时候，克服自己的感情，专注于实现目标的行为，才叫"努力"。

所谓人生之事，并不是坐在坐垫上下道中双六的游戏，移动棋子就能到达花都①了。即使是在真实的旅行过程中，热爱旅行者尚且会有风雪之烦恼，需面对峻坡险路之艰难，有时还会发现无路可走，也会在九曲十八弯的羊肠小道里迷失，不得不忍耐各种艰苦。也就是说，为了到达目的地，显然还需要努力。如果是一路坦荡，春风拂面，骑着良马去旅行的话，那的确不需要任何努力，但并不是全部的旅行都是这样顺利的。无论你坐拥多少财产，身居何位，因天时地利的状况，遭遇到一定的艰难困苦，那都是旅行中不可避免的事情。

无论对某物的感情有多么强烈，才能是多么卓越，依靠畅快的好心情将事业从头到尾办好，这在实际的人生中是几乎不可能的。事情总是伴随着种种障碍或者失败，这是不得不承认的事实。而能排除万难，继续推进

———————

① 这里指的是京都。

的，除了依赖人本身的努力之外别无他物。无须赘言，即使是周公、孔子这样的圣人，拿破仑、亚历山大这样的英雄，或者是牛顿、哥白尼这样的学者，皆是靠自身的努力为其事业添彩，因勤勉才有大成，这一事实就没有必要在这里赘述了。至于才乏德低者，可以断言努力就是他唯一的解药。这与那些既没有财力，地位又低的旅行者，无法驾马、驾车，除了依靠双脚之外没有其他办法跋山涉水是同样的道理。

可是，观察才俊们的成就，有时候好像不用怎么努力也能获得成功，但这只是因为观察只停留于表面。即使是骑着马也会遇到寒冷的雪天，即使驾车也会遇到颠簸的驿路。如果由始至终只是在一种安逸、舒适的状态下，是无法成就大事的。更何况，千里马自然比驾马走得远，才俊比起常人去过人世间更多的地方旅行，要想到达常人所不能至的地方，其所遭遇的各种不快、不安、障碍、挫折随之也会更多，其所付出的努力也会远超常人。各种发明家、新理论的倡导者、真理的发现者等，皆因努力而成就了一番自己的事业。查看东洋人士的传记和历史记载，并不乏英才顿悟或者是一出生就智勇双全的人，读起来让人感觉似乎才俊无论做什么事情都轻而易举，但这并没有把握到事实的真相。纵使英才成事确实轻而易举，但此英才是从何处来的呢？这是英才的家族中祖祖辈辈的人"堆积的努力"积累在这个人的血液中，这个人才得以成为英才。

"天才"这个词语动辄被解释为不靠努力就能获得知识与才能的人，然而这只不过是皮相所见。所谓天才，是积累了祖祖辈辈的努力所带来的结果。拥有美丽的纹路或者是有着珍奇形状的万年青一长出来，爱好者就认同了它那非同寻常的价值，然而如果对这种万年青仔细研究，你会发现它并不是偶然生长成这样的，而是因为在它的血统中本就有着高贵的部分。草木都如此，更不用说人类，稀有而尊贵的人是不可能突然蹦出来的。

盲人的手指感觉敏锐，即使无法阅读纸币上的文字，也能鉴别出纸币的真伪。然而这种感受力并不是偶然得来的，而是试图弥补自身眼盲造成的不便，通过努力，才使得自己手指的神经细胞分布细致、紧密，换言之，并不单是其手指的感觉敏锐，而是在解剖学上的神经分布变得细密，而后才令他拥有了敏锐的感受力。也就是说，并不单是"功能"卓越，还有其"器质"产生了变化，才形成了优于常人的特质。

　　与其说才俊之类的人物是偶然出现的天纵奇才，还不如说他们也遗传了优良的"器质"，也就是说，他们是不断积累的努力的继承者，或者说是焕发者。如斯之说，或许听起来英雄圣贤的功德就减损了，但实则不然。努力是人生最珍贵、最美好的东西，正因为成为英雄圣贤是其不断的努力所积累的结果，他们才能越发地弘扬出英雄圣贤的光辉。

　　没受过教育的野蛮人不精于算术，因为对于算术的努力还没有积累起来，没有一代又一代的努力作为基础，是不可能忽然之间就能解释高等计算数理公式，从而难以进入数学的更深领域的，这也是一个例证。我们动辄就指望着不努力就能成事，这是彻头彻尾的错误，没有什么比努力更能美化我们的过去。努力即生活之充实，努力即个人自我之发展，努力即生之意义。

修学四目标

　　学射击不可没有标靶，行舟不可没有目的地，择路不可无终点。人们修学治身亦不可没有目标。因此，普及教育，即为每个人的立世成功打好基础的教育，亦不可没有目标。至于受教育者，也必须要有目标。无标靶而学射击，射技便无从谈起；没有目的地而行舟，船就会不知所至何处；没有终点而择路，就会变成"日暮而不得宿，身饥而不得食"。如果教育没有目标，接受教育的学生也不知道应该达到什么样的目标的话，那奋笔疾书无异于蚊蝇振翅，囊萤映雪般的勤学苦读也只不过是劳心疲身、枉费工夫罢了。那么，基础教育的目标应该是什么呢？或者说，受教育者的目标，应该着眼、用心的地方是什么？

　　现今，教育已经全面普及了，在这一点上，教育已经前所未有地发达了，它在各方面的完善和严谨，也不是往昔所能比的。现今的教育既没有绝对偏向知识教育，也未必缺乏道德教育，也不一定对体育教育松懈。教育家殚精竭虑研究教育方针，努力完善教育设施，其结果虽然还没到达无可挑剔的程度，但现今的状态也是一切都得到了整顿，因此在这一点上尽管尚有缺陷，但也无须多言。只是教育的目标，却没有得到最简单明了的说明。令人遗憾的是，受教育者似乎也还没有明确意识到自己的目标。因此，现在我想要就这一点稍微说几句。

从根本上来说，"教育目标"也好，"教育精神"也好，它们都可以被称之为"教育敕语"，已经很明确地传达到我们的大脑了。然而，我要特意说明的是，这是出于我的一片苦心，并不是要主张敕语以外的意见，也不敢做像标新立异那样狂妄的事情，我只是觉得我所说的话必然会与敕语殊途同归罢了。

我想要对教育者、受教育者以及自学者推荐的教育目标共有四个。如果用标题来简称，一口气足以说完，然而其道理、意义、意境以及应用，却滚滚无尽，滔滔不绝。愿心怀天下的人和我一起，将此目标口诵心念，不要将它忘记。

四个目标是什么呢？一曰正，二曰大，三曰精，四曰深。此四个要义就是想要修学、立身、成功、进德者目之必至、心之必念、身之必从的教育目标。将此作为目标不断精进，即使会遇到小蹉跎，最终也必成大器。

　　正、大、精、深，这些都是陈词滥调。也许有人会说，不用你现在一一列出来，我早就已经知道了，这是多么的陈腐，一点都不新奇。可是，没有什么比这更适合作为修学、进德的目标了。以陈腐为理由加以排斥，因为新奇而加以接纳，这是轻薄之人才做的事情。日月光华，正是因为其永恒，人们才会依赖；山川河流，正是因为其常在，人们才会依傍；三三得九、二五一十的数理，正是因为它永远不会变化，人们才不会对此有争议；所谓的大道理，正是因为它的亘古不变，难以否定其存在，人们才会加以信赖、依从。也就是说，越是久远的道理越是应该信赖的，越是古老的做法，越是值得依从的。就像毒蘑菇生于湿气中，冷火可燃朽木那样，忽生忽灭那样的无常的事，越新越不足以取代，越奇其价值越不足以道。对于受教育者，或者是自学者，想出新奇的题目惊其视听这样的事情，虽然有可能会受到他们的欢迎，但其实不会有什么益处。提取出正、大、精、深四个目标，虽然平平无奇，但绝不应该以其陈腐俗套为理由，将其排斥。更何况，日月虽旧，实际上朝暮是新的；山河虽老，但实际上春秋是新的；三三得九、二五一十的数理虽不珍奇，但算数的能力日日在更新。这些终归都没有超出旧的范围，却时常带来新的发现。如此想来，这些道理都是越旧越新，越易越奇。正如"正、大、精、深"四字，有着品之无穷、取之不尽的妙味。这又何尝不新奇呢？

正即是中，是不邪僻、偏颇。为学之际，想要超越别人的心情强烈，并不是一件坏事。然而，强烈地想要超越别人的人很容易失去中正的方向。他们倾向于了解别人所不了解的，想到别人想不到的，做别人所不做的，不知不觉偏离中正的大道，落入旁门歪道的状态。如果不努力对此加以避免，自己主动摆正的话，日后会导致非常严重的损失。阅读偏门的书籍，也是在失去正。追随奇说，也是失去正。寻常普通之事，都不觉有趣，唯对怪谲罕见之事才有兴趣，这也是在失去正。例如，饮食之事，当先努力将饭做得不软不硬，燕窝鱼翅之珍馐应放在后面调理。尽管如此，料理时只管一味地寻找珍稀美味，反而忽视了家常便饭，这是失去正。为学亦然，学问之道自有大门、正道，师者将此教给学生，世人也会做出指示，让你先走在坦坦荡荡的大路上，之后再尝试到达每个人向往的地方。尽管如此，有人偏偏自以为是地要小聪明，张望着旁门左道，虽然其用意并不坏，但结果绝不会好。近来，人人都好胜，心气高，喜欢听虚伪的话语，认为过去万人都走过的、万人走过都没有错误的大路没用，有种奋力向前，想要去突破荆棘满布、石子填路的小径的倾向。这种勇气是值得欣赏的，但是失去中正却并不是什么值得鼓励的事情。如果是学问有成后才选择了这样的道路，或者可能个人经过思考后觉得不错，这个人仍然必须要有一颗即便如此也不会丢失中正的心。更何况在读书还不够万卷，知识还不足以博古通今时，想要不失中正的心是极难的，猎奇的心思却日渐强烈，时不时就会被报纸、杂志上的只言片语或过激言论等所煽动，剑走偏锋，这是非常危险的。

人皆喜欢大，这无须多言。尤其是现在的人多好大，这更加毋庸赘言。然而世界上也有以小自居的人。令人怜悯的是，在善良耿直的青年中，认为自己渺小的人尤其多。让我们来举一两个例子吧。他们有的会说："我才疏学浅，只是碰巧喜欢俳句，仰慕高桑阑更①，如果可以的话我愿意牺牲一辈子，来研究阑更。"有的人会说：

---

① 高桑阑更（1726—1798），江户时代的俳句诗人。

"我啊，语文、数学、生物皆不通，只要收集点平凡的小东西就足以自得其乐。我收集火柴的贴纸已经一年了，收集了几千张。我的愿望是假以时日集大成，成为天下之最。"像这一类人，有的像学者一样，有的像玩物家那样，或者是怪咖那样的人也不少。另外，还有一派青年，爱好更加小的事物。有的人说："我没有什么大的期望，能完成学业，能有份糊口的工作，有两万日元存款就足够了。"有的人说："我承蒙祖辈的庇荫，家有良田数顷，公债若干日元，今虽从学，学成后也没用武之地，只是在我喜欢的范围内读书、赏画，不浪费，也没有收入，就想着一辈子都过着比上不足、比下有余的生活。"他们有的是孤陋寡闻的人，有的是学识渊博的人，两者都不少，并不是所有人都应该受到指责。研究阉更可以，收集火柴贴纸也可以，放低身段积累财富也可以，就算是徒坐等死，比起犯罪也并无不可。然而，修学的时候，像这样限制自己学习的范围，丝毫没有想让自己变强大的思想是万万不可的。既然从学，就必须要想着让自己变得强大。我并不是在劝人们要狂妄地抱有大望野心，更不是说要放弃研究阉更、停止收集火柴贴纸。只是这样的事情在学业有成的年纪去做也无妨。在从学的过程中，努力扩大自己的边界，开拓心境，博学广识，积极让自己强大起来，这是必要的自我要求。

七八岁的时候，使劲都举不起来的大石头，长大之后身体变强壮，就能轻而易举地举起来了。七八岁的我不如十五岁、二十岁的我，这是明摆着的道理。因此，青年修学时代的我，比不上壮年学业有成的我，这也是再清楚不过的。与其用今日的我来决定日后的我，还不如现在单纯地努力学习当下的学问，不必困在狭小的范围内，妄自菲薄，作茧自缚，画地为牢。修学之道最忌讳的就是自己觉得自己渺小。当然，自尊自大也是应该忌讳的，但要有成为大的欲望，努力让自己变大，这是最重要的。人学方能渐大，不学则永小。因此，学问可以说是让人变大的根源。绝不能自己给自己划框，限制自己的范围。

大包含着广的意思。现今世界上的知识，相互交错、彼此融合，形成了一个巨大的漩涡。身处这样的时代，修炼学问的人，尤其要期望广大。人们要有如同马站在万丈高的峰头，眼观八方的气概；也要有看大千世界如同看掌中之物那般的意气；还必须要有读一卷书不惜头昏眼花，白首皓发，仍不离书桌的决心。这当然要在心里想着"大"这个字，才能进入那般超脱的境地。

"精"字和与之相反的"粗"字一对比，很明显可以知道是什么意思。形容卑俗的词语"粗糙"的意思是"不精"，因此精指的也就是不粗糙的东西。物品不够精致细密，缺乏研磨，疏于精选，结构不人性化之类，即是粗。米不精白，不良美，食而味不佳，糟粕多得离谱，即是粗。与此相反，物品的质地细密精致，研磨充分，选择上也没有什么可挑剔的，构造也很人性化，这种类型即为精。米的糟糠全部被去除掉，良美精白，品尝起来味道也不错，即为精。假设有一张可以用"精"这个字来评价的桌子，这张桌子想必不仅能让使用者感到心满意足，而且必然能永久保存，经得起长期使用。要说原因的话，如果在挑选材料的时候十分用心，那无论天气干燥还是湿润，桌子都不会突然翘起、开裂、变形、收缩；如果对构造十分讲究的话，即使受到轻微的碰撞冲击，也不会突然桌脚脱落，或者桌板松动；如果材质精致细密的话，桌子就不会松动，不会变得脆弱，自然很少划伤、损伤；如果打磨到位，它的外观也足以得到人们的喜爱和珍惜，便会耐得起长久使用，能够永久保存，自然也会让人时常感到满足。与此同时，只因能让人时常感到心满意足，自然而然地就得以存在于那个地方。米也是如此，如果是可以用"精"字评价的米，米作为米就拥有了十足的价值。相反，如果是用"粗"字形容的桌子，那桌子不仅会让使用的人感觉到不满，还会激起他们不快的心情，用不了多久就无法使用，出现破损而变成废物。说到原因，如果是材质低劣，构造不合理，打磨不到位的话，那无论是谁，在使用的时候爱惜的感情也会薄弱，物品自身一遇到些许的撞击也有可能立刻就会破损，因此会有这样的命运也是必然的。米也是如此，粗糙的米甚至要比其他低贱的谷物的精华还要低劣。不管是什么事物，精和粗的差异实际上是很大的。学问之道也分精粗两种。毋庸赘言，我们应该推崇的是学问的精道。故此，必须要排斥那些大而杂的、粗糙的部分。

然而，虽然谁都可以用"精"字来评论桌子和米的制作，或者是桌子和米本身，但是在学问方面，就免不了众说纷纭。之所以这么说，是因为从古至今的大人物和伟人，有时候似乎会采取和精背道而驰的做学问的方法。后来的疏懒之徒，便动不动就以此作为借口，敢于放出豪杰般的言论而毫不忌惮，自然而然地就出现了一些不尊崇精的流派。只是，他们的主张大多数时候其实来自误解。

不尊重学问之精的人动不动挂在嘴边的话语，其中一句是"我才不讲究句读训诂之学这些事"。毫无疑问，句读、训诂之学原本并不是做学问最重要的事情，但是在看待古人并不关注句读、训诂的学问这一点上，我们应该学习的是古人志向高远，而不是因为他们说过这句话，就认为句读、训诂等无足轻重，这种想法是错误的。学习句读、训诂的学问时，只是理解句读、训诂就满足了，或者甘于做个教导句读、训诂之道的老师，那也是不对的。但是全然不顾句读、训诂，那要靠什么来读书，来理解、领悟呢？完全埋头于句读、训诂，也是不正确的。放出豪言壮语"句读、训诂之类的算什么"，但却沾染了粗糙的学风，这也绝对不好。既然是以字载文，以文传意，不完全掌握句读、训诂，那究竟又能学到什么呢？不通文辞是弊害产生的根源。徂徕先生那样的文豪，凭借着那样的资质，尚且在文辞方面呶呶不休，说明这的确是非学不可的。

纵使不把句读、训诂当回事也没问题，只是无论做什么事情都粗心大意，漏这漏那的，不免会产生非常多的错误。在这个世界上，没有人是喜欢做事的时候错漏百出的，尽管如此，一旦养成习惯再想要摆脱就非常难。在做事的时候不够细致，而且不知不觉之间养成了习惯，也百害而无一利。更何况，学问日渐精致是现今的大势。必须要记住，不能养成那些伪豪杰之流的习惯。我并不是要求要将句读、训诂摆在重要的位置，我说的是，必须要在做学问的时候崇尚精密。

不尊崇学问之精密的人，动不动就引用的话语还有另一个——诸葛孔明的"观其大略"。陶渊明说的"好读书，不求甚解"又是其一。陶渊明是名家后裔，而且是个出生在他无能为力的时代的人。他一生都纵情于诗酒田园的生活。虽然情趣意境甚高，但他幽致的境界，是庸常之人所难以达到的。更何况，他所谓的"不求甚解"，说的并不是可以粗陋、空洞地理解。"甚解"并不是好的，因此才不求"甚解"。并不是说做学问、读书，不细心精致也可以。孔明的"观其大略"，其"观"也是有妙趣的。怎么看孔明这样的人都不应该是只做表面学问的人。孔明是个即使在身体逐渐衰弱、食欲大减的时候，仍然亲力亲为的人，并不是一个摁盲印的宰相。因此，他甚至能让敌人司马仲达认为"事多食少，命不久矣"，推测他不久于人世，是个遇事精密周到，不辞辛劳的俊杰。这样的孔明在读书治学的时候，如果你认为他会敷衍了事，那就是天大的误会了。普通人读书，很多时候可以记住细枝末节，但反而会忘记要点。至于孔明，是个能领会书中要义的人。从陶渊明和孔明的传记中引用这样的事例，从而认为学而不精也无所谓，说明此人已经陷入读书不精的泥沼中了。精必须是修学的一大目标。

尤其是近来人心甚忙，无论是修学，还是做事，人们往往使劲加快速度，而不追求出精品。这也是如今的世道风气使然，无法马上去责备某一个人。然而，不精这件事，不管是发生在什么领域内，都不是好事。造箭不精，怎么能射中目标呢？即使让源为朝①和养由基②来射击，如果箭不直，弓箭毛不匀整，他们也不会射中目标，这是显而易见的道理。学问不精，只会误人。

就像"一事不成，万事无用"这句俗语所启示的，修学如果不努力把学问做精的话，那个人所观察的、所做的所有事情都不会精，在立世处事的时候，也只会导

---

① 日本平安时代后期的武将，著名的弓箭高手。
② 春秋时期楚国武将，中国古代著名的神射手。

致过错、失败。

与之相反，如果致力于学问之精，万事用心，自己也得到精髓，不知不觉间会获取很多的智慧，理解很多的事情，在立身处世的时候，导致过错、失败的机会自然也会变少。法拉第发现电气法则，牛顿发现万有引力，世界上的聩聩之流将他们的发明归根于偶然获得的灵感，但实际上这是他们在学问上的精产生的效果。一个人有学问求精，思考求精，对待任何事物都不粗心大意，不等闲视之的习惯，才可能有这样伟大的发明。牛顿后来不是说这是自己"不断地思考、深究才得来的结果"吗？甚至可以说，世界文明史上的光辉，无一不是"精"字的变身。

深的要义和大不同，但它也必须是修学的目标。只是努力求大，不作深究，就会有变得浅薄的嫌疑。如果只是努力求精，而不努力深究，那就有可能停滞不前。如果只是努力求正，而不学其深，则会变得迂腐，无法到达新奇、深奥的境地。掘井不深，无以引水；为学不深，无以得功。做学问，孤陋寡闻是病，但做学问博大而浅薄，也是病。只是令人遗憾的是，努力求大的人，大多数都到达不了深的境界。

　　然而，人的精力本来就是有限的，学海广阔无涯，没法将所有的学科都了解得十分深入，这也是当然的。因此，如果将深作为目标的，那就必须要有所限制。如果想要在所有的学科中都能达到这些学问的深奥处，那么这个人可能会学到精疲力竭，最终仍逃不过苦闷至死的命运。

　　虽然人的天分有高有低，资质有强有弱，但如果已经确定了心之所向、神之所往，却不努力求深的话，那就不是掘井取水，而只是一味地造空洞了。求深必须是非常爱好的领域。无论去到哪里都要努力并深入地学习。如果是天分低，资质弱，没有足够的能力挖掘巨井的人，不要从一开始就想着挖掘巨井，而是要挖小井，也就是说，一开始不做纵横面非常广的学问，只要修习一个小分科就可以了。虽然天分低、资质弱，但修习一个小分科，不停地努力、深入的话，那就能获得其深，最终会取得相应的效果。例如，学习纯哲学需要花费洪荒之力，但是选择某一位哲学家，专门研究该学者的哲学的话，研究自然容易深入到某一个方面的内部。如果把钻研美术史当作一生的事业的话，为深是非常不容易的，但若是研究一探幽、一雪舟、一北斋的话，就算是资质弱、天分低的人也能做出他人所难以匹敌的深度研究，就是这个道理。因此，对于深的目标，每个人都应该根据个人的情况首先予以思考。然而，总的来说，修学之道，应当在即将完成普及教育之际，找到深的目标，提前自己做好选择。然后无论是走进学问还是事业，都必须要把"深"字放在眼中，这是做事的人不能忘记的。以上所述的四点虽然一点都不出奇，但是如果能够带着正、大、精、深这四个目标从学的话，我相信这个人就不会犯什么大的错误。

四季与自身（其一）

　　人们从人的内在来谈论人的时候，认为人既笼盖天地，亦包含古今。天地虽广大，亦大不过人心；古今虽悠久，但仍然是存在于人的心中。人心足以容纳一切，因此没有什么比人更大的了。

　　然而，若从外在来论人，人存在于天地间，如同大海里的一滴水，大沙漠里的一粒沙；而人存在于古今之间，如同天空中的一颗尘埃，大河里的一片浮萍。人不过是时空中微不足道的事物之一。

　　现在暂且抛开内在角度的论述，从人的外在来说的话，人既然是被包含在时间和空间中的微不足道的事物之一，那么包含人的空间以及时间的巨大的威力、势力是人无法自己支配的。也就是说，我们受着这种不可估量的势力所左右。

　　诞生在日本的人类，自然而然会使用日语，拥有日本人的性情，追随日本人的习惯，这是事实；出生在俄罗斯的人，自然使用俄罗斯语，拥有俄罗斯人的性情，追随俄罗斯人的习惯，这也是事实。这些例子很显然说的是人会受到其所在空间的威力的影响。

空间对人所产生的作用姑且不谈。

时间对人所施加的威力也是非常大的。镰仓时期的人，自然拥有镰仓时期的语言以及风俗习惯，也拥有同时期的思想和感情；奈良时代的人，自然拥有奈良时代的语言以及风俗习惯，也拥有同时期的思想和感情。由于个体的遗传和特质会有所差异，这是理所当然的事情，但时代的威力和势力给予了所有人某种色彩，这是谁都无法否认的事实。在这里我想说的是，一年四季对人来说所具有的威力和势力，以及人是如何回应这种威力、势力的，又是如何对其加以利用的。

一年四季会对人的一生产生影响，这和大空间、长时间将威力、势力施加到人身上是同样的道理。每个时代都有各个时代的威势。与此同样，虽然一年的时间较短，但也有着一年的威势，并且会将它的势力施加到人的身上。

至于人类与季节的关系，自古以来，感觉敏锐的诗人歌客早就给予了十二分的认可。不用我一一举例证明，如果拥有解读诗歌能力的人去朗读春天的诗歌，很容易发现，在春天的诗歌中有哪些诗句表现的是春天的势力和威力是如何施加给人类的；如果品味秋天的诗歌，也会很容易在这些诗歌中找到那些表现的是秋天的势力和威力是如何施加给人类的诗句。换句话说，自古以来表达四季的诗歌几乎吟咏的都是四季的势力和威力施加给人类的状态，所以也可以说成是四季诗。

除了诗歌以外，从遥远的古代开始，道破四季对人类的影响的作品绝不少。如果拾掇其中的片段来加以证明的话，自从人文出现以来的很多文字，都可以拿来作为四季对人类的影响的佐证。如果想要相对来说更加详密且恰当地论证这个观点的话，那除了经书以外的古籍中，《吕览》等书是说明得最为详细的。

在古代人的思想中，天时不仅关系到人事，而且人事也会影响到天时，这种思想在《吕览》中表述得尤为明白。不仅如此，去考察商汤自罚的故事等也可以窥见，古人也认同天人紧密相关的观点。考证这些事并非我的本意，所以现在不展开论述，只要是对古代有一点了解的人，不难引用相关的事例来举例。

现在就从和当下有关的、我们实际所感受的、真正了解的地方，以这些为基础讲起吧。就我们眼睛所看到的、心灵所知道的简单说说，我们还是不得不承认，四季对我们的影响不小。

矿物界有没有生理活动，我并不清楚，但根据常识思考得到的结果，似乎是没有的，矿物界只有物理。在植物的世界有生理和物理，而植物界是否有心理活动还是个谜团，但根据常识的判断，是没有心理活动的。舍利①的产生，石榴石生长，黄玉逐渐年老失色，即便是事实，那也是物理使然。即使阿伽陀树有"感觉"，捕蝇草可以自己捕捉食物，含羞草的行动受碰触影响，某种植物会渐渐改变自己的所在地，呈现出就像是在步行的状态，那也是物理和生理使然，而不是心理作用。只有人类和动物，才具备物理、生理、心理。

话虽如此，就连矿物界，都会受到四季的影响。也就是说，存在于矿物体缝隙内的水分，遇到冬天的寒气就变成冰，膨胀起来；遇到春天的暖气，就会融化蒸发，从而使矿物体崩坏溶解。或者，夏天的烈日或暴雨，会加快氧化作用，秋天的暴风和严霜，会产生力学、热学的作用，因此矿物会产生不断的变化。另外，跟矿物相

---

① 佛教用语，指佛和高僧的遗骨。

比，植物会更多地受到四季的影响。由于太阳光线的量不同，热量不同等因素，植物接受物理的作用是毋庸置疑的，只因植物本身拥有自身的生物特征，故外界的物理作用会影响植物的生物状态，生物状态随着季节的轮转而不断变化，才导致了其繁荣或者是枯萎。春天花开，夏天茂盛，秋天结果，冬天休眠，这是多数树木展现出的四季轮换规律。春生夏长，秋天自然留下传后的种子，冬天自动中止了生长，这种现象是大多数谷物和瓜果所展示的四季规律。这样的自然现象，是符合所有人的认识的，而利用这种自然的流转，春天播种，让它生长，夏天耕耘，加以粪土培植，帮助其成长，秋天收获，就可以在最后有所成就。

针对谷物和瓜果的方法大致如上。春天等待花开，夏天取其叶，秋天收其果，经过几次春秋交替之后取其材，这是合理砍伐树木的方法。人们很清楚地知道植物和四季之间的关系，并且根据各自的知识，巧妙地利用这种关系。同样的，对待家畜和其他动物时，如果明确知道四季与家畜及其他动物之间的关系，利用起这种关系来也并不难。从蜜蜂处收获蜂蜜，从蚕处收获茧，从鸡处收获鸡蛋，从家畜中收获其仔，所有人都知道按季节来收获。只要不是狂妄的人，是不会想从季节那里获取它不馈赠的东西的。

按照这样的逻辑来思考的话，拥有内省力的人类就要留意观察自己是如何受到四季的影响的，洞察自己与四季的关系，顺应这种关系状态，安排好自己的生活。

人类的确拥有比其他动物更加卓绝、强大的心理。只因为这份心理是强大的，所以受四季支配的这一事实并没有像其他动物那样显著，看起来人类似乎是用心理的力量来行动的。根据现象来看，越是低等的动物心理能力越弱，心理能力越弱，受四季支配越显著。如狗、马这些相对高等的动物是完全可以靠心理行动的。海参、蛞蝓虽然有时候可以靠心理行动，但大多数情况还是靠生理能力行动的，靠心理能力行动的时候可以说是不会被我们所看见的。多数时候靠心理能力行动的动物，其举手投足看起来都像是出于动物本身的意志和情感，看起来并不像是受到自然的影响。尤其是因为人类的自我意识旺盛，常常会认为自己的行为全都是自己主动为之，而不会觉得是受自然驱动。因此，人类的确知道四季会对人类产生影响，但看起来似乎还没有达到自己在利用四季、顺应四季的程度。四季对植物和家禽的作用是广

泛且深远的，而且顺应其作用、利用其作用是有道理且
有益的。那么人类，只要不是立于天地之外，活在日月
无法照耀到的地方，就和其他的动植物一样接着受着四季
的影响。详细地思考四季作用于我等的根源，顺应并且
利用它，这不也是有道理且有益的事情吗？因为自我意
识旺盛，所以一切都是因我而起的，这不就是用自己的
手掌遮住自己的眼睛吗？

　　人类比其他动物优秀，毫无疑问这一点也算体现了
人类的自我意识旺盛。但是只因为自我意识旺盛，人就
以为自己对一切都了如指掌，这其实是一种错觉。太阳
的热量，无论是照射在自我意识旺盛的生物身上，还是
无意识的东西身上，都是一样的。也就是说，四季是平
等地循环到一切物种的身上的。只是因为自我意识旺盛，
就忘却了自然所赋予我们的东西，这不得不说是观察的
智慧不足。尝试着努力去观察四季的循环是如何对我们
产生影响的。

　　春天，草木开花、发芽，禽兽虫鱼从蛰伏的状态转
变为活动的状态。草木开花发芽，明显地展示了在草木
体内的生命活动变得旺盛，体内的水汽等养分从根部被
吸收进来，上升到躯干，并运输给枝叶，再往外蒸发的

过程。换句话说，这是因为有了太阳的热度、空气湿度的变化，末端受到刺激，促进了水汽等的上升。

禽兽虫鱼等每逢春天，就会越来越活跃，到底是什么原因呢？因为我不是专家学者，展开说我自己的理论是很难让人信服的，但总的来说：首先，这是基于气温和大气湿度的变化以及地表状态的变化；其次，这是建立在其所摄取的食物性能的差异的基础上的。在夏秋冬三个季节里的动植物从自然中所获取的东西也和春天一样，都根据因太阳的热量所产生的气温、大气湿度等的空气状态的变化以及由此所产生的地表状态的差异、食物的差异等而不同。

那人类会受到四季的什么影响呢？

春天来了，风都会变得柔和了，人也不会和冬天时一样。一到春天，人的脸上也会开花。这是自古代以来人们就观察到的。泛黄暗沉的人的脸会带红色，逐渐变得鲜艳美丽；冻僵干瘪、又硬又开裂的皮肤，会变得又软又润，更加有活力，水嫩年轻；冻疮等也会治好，筋肉变得更加紧实，血量看起来也增加了。从而，人们的心理状态也跟冬季不同，很多时候都意气昂扬，不易退缩；会变得讨厌窝居而喜欢外出，对机械的劳作容易感到厌倦，倾向于做有创造力、有感情的工作。比起扎实，更喜欢华丽；比起稳健，更倾心于刺激；比起顺从理性，更喜欢追随感性；比起哭，更喜欢笑；比起忧愁，更喜欢愉悦；比起勤快，更喜欢游玩。对青年、壮年的男女来说，这就是所谓的春情勃发。春天，大概就是这样影响人类的。

四季与自身（其二）

　　脸色恢复光泽，心情愉悦温和，人一到了春天就会变成这样，这是出于自我意识吗？还是说自然使然？无疑，这并不单是基于意识的。在春天，人会变得更加美丽，这是以血液的充实为基础的。那血液为什么会在冬天贫乏，而在春天充足呢？这个事实也在体温计的水银中有所体现，橡皮球中的空气也会表现得很明显。与水银和空气一遇到热就会膨胀一样，尽管是同样重量的血液，一遇到温热，其体积就会不断膨胀，在同一个容器内显得更加充盈。一到春暖之际，在人的体内，血液会产生那种充盈涨溢的现象的原因绝不是单一的，那无疑是很多复杂的因素所造成的，但是气体和液体是能够明显感到温热的，血液受到升温的影响会在人体内膨胀，这确实是非常重要的一个原因，是毋庸置疑的。而且，血液容量的增加无疑会导致血压，也就是压迫血管内壁的力量的增加。脑中血量的减少和增加都会明显影响到心理，肢体部位的血量的增加和减少也会影响心理，会导致人产生想要饮酒、沐浴、按摩等的心理，这是许多人都认可的。血液阻滞姑且不论，所有适量的血液增加，也就是血压上升，会引起心理方面的作用，在感情上表现出愉快、愉悦、亢奋。生理方面无疑也会受到这些影响，但受到情感亢奋的影响，反而会呈现出其功能有所下降的现象。春天对人的影响，单从它的温度来说就是这样的。

食物的变化对人的影响更大，甚至古人都认为"养移体"①。每逢春天，人们很多时候会摘取新鲜的蔬菜、海草、野生草木的嫩叶新芽以及软茎等食用，这是不争的事实，不同的食物无疑会将各自独特的功效作用到人的身上。禽类和兽类等在春天所表现的行为和冬天完全不同有一个非常重要的原因就是食物的变化，这对照着家禽等就可以很清楚地理解了。如果不给它们食用含有绿色素的菜类，也就是大白菜之类的蔬菜，家鸡多数会变得不再活泼。相反，家鸡的鸡冠会变得非常鲜红或殷红，行为也会很活泼。人类如果长时间不食用含绿色素的蔬菜类，会陷入郁闷，患血液病，如果摄取适量蔬菜

---

① 出自《孟子·尽心上》："居移气，养移体，大哉居乎！夫非尽人之子与？"

的话，血液会得到净化，一扫郁闷，变得快活，脸色也会从蜡黄变成淡红。这些普通食材尚且如此，拥有特别功效的植物更是如此。即便是非药用的草木，也就是作为普通食材使用的草木，开花抽芽的时候（大多数是在春天时节），其功效也往往储藏在花或嫩芽里，因此，如山椒和茶那样的草木，它们的功效全部储藏在它的花和芽里。芬芳的花柚和剧毒的乌头，虽然不是在春天开花的，但也同样，在花期，其芳香或者是剧毒会储藏在花内。因此，一到春天，我们所摘取的植物性的食材都有其功效和精气，能对我们产生不小的影响。芥菜，款冬花和它的花茎，野姜，蕨菜，紫萁，土当归，笔头菜，马兰，珊瑚菜，楤芽，山椒芽，菜花，竹笋，鸭儿芹，菠菜，既不开花又不发芽的春菇，这些食材里，有性质平和、甘淡的，有辛辣峻急的，但都会给生理带来或多或少的影响，从而也给心理带来影响。茶的精气，多在其嫩芽，而少在其老叶。嫩芽中，更多的是在叶尖，而不是叶轴。乌头有花的时候，其毒性很少是在根部的，因此虾夷人①会在乌头花落光、叶子枯萎之后，等它的

---

① 　指古代居住在日本北关东到东北、北海道地区，不服从朝廷统治，进行反抗的人。

毒性回归到根部的时候才食用。油菜虽然性质温和，但如果多吃油菜花，人会变得兴奋。虎杖的根部是不能吃的，但如果贪吃其嫩茎，会产生爽快的感觉。款冬花茎不知是不是因为带有苦味，的确有一定的药效。综合考察这些零碎的现象，不难发现，在草木开花、抽芽的季节——春天，植物性食材会对我们生理和心理产生比较大的影响。

香气会影响我们行为，这也绝对不是小事。沉香、白檀、松脂等会让我们产生某种感觉，这绝不仅是历代相沿的习惯所带来的联想。寺庙会用到沉香、白檀等；教堂的香炉中会飘出松香。这些香气，明显和能让动物的生殖欲变得亢奋的麝香，植物受精时所散发的玫瑰花香、百合花香、紫罗兰香、天芥菜花香、茉莉花香等不同。我们面对不同种类的香的时候所产生的感觉上的差异，也存在季节的原因。春天的世界和冬天相比，是一个芬芳馥郁的世界，花会散发出花香，嫩芽和嫩叶也会散发着香气。小沟里的水藻到了春天会浮出水面漂流，从而也散发着它特有的异样香味。长满珊瑚的沙地、长着笔头草和蒲公英的丘陵边上，路边的坏草鞋因暴露在太阳柔和的日光下被蒸出种种气味……在被当作食材使用的东西中，许多植物性的食材比起冬天的时候更能散出各自令人欣赏或迷恋的香气。

以上几方面，也就是温暖所带来的物理效应、食物所带来的生理的或者是药物学的反应以及香气所带来的心理反应，这些都是春天影响我们的明显的迹象。除此之外，越研究你就越会发现，如果没有春天这股力量推动季节循环，我们将无法做到很多事情。像这样，受到多种力量的推动，我们才能在春天拥有春天特有的心情，这是不争的事实。

不仅是春天，夏天、秋天、冬天也一样。我们很明显会受到四季的影响，这就如同草木、禽兽会受到四季的影响一样。

那么这样一来，我们顺应四季给我们的馈赠，并安排自身的生活，这无疑是理所应当，且又是非常巧妙的。

道理就是这样，我认为，我们要考察春天会让我们做什么事，然后夏天、秋天和冬天会让我们做什么事，并且顺应这个规律，进行一定的调整，以便安排我们自己的生活。春天和夏天会让我们的肉体发达，这似乎比在秋天和冬天更加显著。秋天和冬天会让心灵发达，这似乎比在春天和夏天时更明显。春天和夏天是让四肢多活动的时候，显然四肢会变得发达。秋天和冬天是让头脑多活动的时候，显而易见头脑会变得发达。因此在春夏多做体育运动的人，在秋冬似乎容易让头脑发达。我说的是"似乎"，并没有说"也"。但是，在我观察看来，的确正如我前面所说的。在春夏，违背自然，不怎么运动肢体，反而多动脑的话，这个人的脑部机能往往会出现疾患。这是违反自然所产生的后果。在春分以后夏至之前，动不动就用脑过度的人，易在这个时期出现精神性疾患，或者易旧病复发。这正是在季节的力量最猛烈的时候，做出违背季节的行为所产生的后果。

这些事是小范围内的经验，要想得到确定的论断，尚需思考。每个人都有各自内省的能力，自己深入考察就好了。所以我认为，劝导每个人考察人和天的关系，要顺应自然，不违背自然，安排好自己的生活，这是一份理所应当的关怀。

静光与动光（其一）

　　光有静光和动光。所谓静光，就是像密室里的灯光那样的光。所谓动光，就是如同风吹过的田野边的篝火光那样的光。假设光拥有相同的力量，静光和动光，即便两者的力量是一样的，但各自的功能却是不一样的。

　　室内的灯光，可以让你阅读小字书。风中火光，大字书也难以阅读。弧光灯①的光线虽强，但这种灯光并不适合阅读报纸。室内电灯的光线虽弱，但却适合阅读。静光和动光，两者的功能有很大的区别。

　　假设心有同样的力量。可是，事实上，静如止水的心和动荡不定的心的作用大不相同。

　　散心，也就是散乱的心，那是不能有效地发挥作用的心。被搅乱的心就像是风中的灯，即使将它点亮，也无法发挥照亮物品的作用，《大论》中也是如此阐述的。

　　散乱之心是什么样的心呢？散乱之心就是定不下来

---

① 特指通过碳电极在大气中进行电弧放电的灯，在明治初期曾用于路灯。

的心，详细来说，可以分为两种。其一是有时性，其二是无时性。有时性的散乱之心就是，今天想学法律，明天学医学，既想这个月修习文学，又想下个月修习兵学。无时性的散乱之心就是，在一时有两念或三念，散乱不已。可是，进一步确切地来说，本来一时就应当只有一念，因此长期性散乱心和短期性散乱心，只是存在时间长短的细微差别而已，并不存在有时、无时的区别。不管是哪一种，都像是风中闪烁的灯火那样，也就是说心无法凝然不动。

拿现在的数学问题来举例，a、b，m、n，x、y，反复组合，眼睛还停留在写着 a、b、m、n 等字母的纸上，手里握着为了写这些字母的铅笔，心里却想着昨天什么时候看到的活动海报上的电影。一想到了电影，紧接着就想到了一段接一段的银幕的变化和故事的走向，直到尾随电影中那个美人的一个流氓在过小川桥的时候掉落水中，出现了滑稽的结局的时候，你才终于意识到："哎呀，我刚才怎么会想那样的事情呢？我明明在学数学呢！"然后又急急忙忙地重新将 a 乘以 b，括号，再立方，等等，将心收回到当前的问题上。然后，过了一会，又在设定 x、y。看起来又是一个棘手的问题。在这个过程中，一听到室外的狗吠声，你就会想：那只狗很擅长捕鹬，这个周日就带着这种狗，拿出伯父的鸟枪，从柏市去手贺沼附近打猎吧。虽然自己只是一个小伙计，但也想像个绅士那样打猎，新手就不要挑剔猎枪好不好用，等等。狗摇着尾巴，往这边回头看，于是你用手扣住扳机，狗一扑跳，鹬便惊飞起来。随着一声枪响，在朦胧的白烟消散的时候，狗早就叼着那只作为它的功劳的猎物跑过来了……这时你方才醒来，心想：我怎么能总想这些事情。重新回到数学中。所有像这样无法将心专注于应该专注的地方，无意间就跑到其他的事情上的行为，通常叫作"气散"。"气"散了，内心无法安定，就叫作散乱之心。

这是任何人都会遇到的事。所以，人们动不动就会说"我总是走神，无法工作"。所以不仅有这样的说法，自古以来也有很多"不可走神"之类的训诫。实际上，正如《大论》所述，这种摇摆不定、七零八乱的心，恰似风中的灯火，无论是拥有多么聪明的资质的人，用这样的心，做什么都不会做得十二分好，不可能拥有照亮一物的能力。这种内心状态无法令人欢喜。不，其实那就是人们不希望出现的心理状态。

　　假设现在和持剑的人战斗，出现一念之差的同时就会被人杀掉。假设现在用这种摇摆不定的心思下围棋，就不一定能想出有深谋远虑的手段了，反而会不知不觉间变得呆头呆脑的，纰漏百出地下拙棋。数学的问题还不至于解答不出来。即使是做算术中最容易的加法，在散气下计算，往往不是算错了位数，就是多加了珠子。非常难以理解、难以领悟、阐述了非常高远的道理的图书等，用散乱之心来阅读也是不可能理解的。三十一音和歌、二十八字诗，散气均创作不出佳句。更不用说伟大的事业、错综复杂的谋略、微妙的艺术等，在有散气倾向的浅薄的人的手下，怎么可能成功呢？怎么样，这道理应该不言自明了吧？

　　气散实在不是一件好事。纵观许多学习成绩不好的学生，大多数人并不是因为不聪明，而是因为有分心的坏习惯。观察社会上的平庸之人、失败者等，虽然导致他们平庸和失败的其他原因本就有不少，但很多人是因为有心气散乱的坏习惯才一事无成，没做过什么值得一提的事就老去的人绝对不少。气散这一坏习惯实在不是一件好事。

　　与散气相对的，是凝气。凝气也不是一件好事。可是，根据场合、状况的不同，凝气是有可能比散气好的。沉迷于台球游戏而导致凝气的人们，来回走路的时候也在想着台球，将道路看作是桌台，将行人的头颅看作是台球，推这个男人的头颅的左边，碰到那个男人的头颅的右边，就能顺势撞到对面理发店的门帘，咕噜地转一圈，同时碰撞在那边行走的厢发之头①和角帽之头②，就能稳稳得分……这样的想象日积月累，终于有一天忍不住用手杖戳了一下前面某个男人的后脑勺，社会上有的人就是会上演如此奇葩的事。这些都是出现了凝气的结果，这也是非常令人困扰的。然而，凝气虽不好，但比起散气，结果会好一点，而且凝气于艺术之类的事物上，虽然达不到最上乘的境界，但是总会留下一定的结果，比起散气要好。但要是凝气于赌博之类的不好的事物上，那是比处于散乱心的状态的人还要惨的。无论怎么说，凝气，终究还是和散气一样，都不是好事。

言归正传，"散"和"凝"截然相反，但就像是昼与夜那样既截然相反，又彼此呼应；黑与白相对，于是白日向黑，黑日向白；又如乾与坤是相对的，乾会招来阴，

---

① 形容女性的头。
② 指的是学生的头。

那是坤的分子，而坤会招来阳，那是乾的本体。散气会导致凝气，而凝气会变成散气。

凝气不好，散气也不好。然而，气凝气散，碌碌无为，荒度五十年，这也就是所谓的平庸之人可恨的地方。

少年时期，任何人都是纯气的。赤子之时，尤为纯气。随着年岁不断增长，滋生了贪欲，这是自然的规律，无可厚非，但是纯气会带来与其相反的杂气，自然就会演变成杂乱无章的意气。少年的时候有球就踢球，有毽子就踢毽子，就算是玩赛跑或者赛高那样简单的游戏，心思也会百分百投入。于是嘻嘻哈哈玩乐的同时也学到了东西，这是任何人都经历过的事。然而，随着逐渐长大，所有人都会将心思投入某事中。于是，心中产生了嗜欲，真气日渐衰退，以致气再也无法恢复成纯气了。内心的欲望日渐炽热，就开始追随外物、外境了。物品即使不在眼前，心思也会追逐它而去。即使没有身处其境，心也会跟着它而去。

比如说，眼前没有球，手中拿的是羽毛球拍，如果是喜欢球的话，心就会去追逐球，球的影子就会停留在心中不消失，所以虽然拿着的是羽毛球拍，但心里想着的还是球。这就称为追随外物。

用镜子来说，镜前的物品在镜子上的投影不清晰，那就是有什么污迹黏附在镜面上。也就是说，这个镜子上面的顽固污迹相当于凝气，镜面斑驳，不明亮之处就是杂气。这样一来，经过的岁月越漫长，纯气的品质就会越发失去，变得既有明亮之处也有黯淡之处，斑驳且不纯，这在平庸的人身上是很常见的。这样的状态，就好比是用墨水在镜子上做了各种各样的涂鸦，一般人的心理状态就是这样的，而那些涂鸦则是他们得意、失意、愤怒、迷惘、烦闷、悔恨、妄想、执着的纪念。随着年龄越来越大，镜面上布满了涂鸦，连一点空隙都没有了，原本能照物、展现物品虚灵的明镜部分逐渐变少了，也就是说，吸收新的学问和知识的能力越来越弱了，这也是在平庸之人的身上常见的。

这个镜面变暗，无法将镜前的所有物品都收纳到镜子中，也就是说并不是整块镜子都能将镜前的物品映照出来了，这也就是散乱心的状态。这实在是令人怜悯。

人在做事或进行思考的时候，必须要注意自己的心理动态，一旦发现气散了就必须恢复过来。如果养成了散气的习惯，无论做什么事都无法做好。即便这个人很多时候会得到上天的庇佑，因为才能高超、能力强大，做了不少了不起的事情，但如果养成散气的习惯，这个人也会遭受不少困扰和苦恼，成功想必也是好不容易才获得的。只要气不散，这个人肯定可以做得更加出色。请谨记，散气非好气。

静光与动光（其二）

　　养成散气习惯的人，会有什么样的表现呢？说到这个，首先是瞳孔不在眼睛的中心。人眼的视野范围达不到三百六十度。如果能达到三百六十度的话，那就很圆满了，但是人眼的视野范围只有一百二十度。还差两百四十度，也就是说三分之二的范围是看不到的。这种数字的比喻可见于佛经。因此只有眼睛动，才能够眼观四面八方。不过，这种动也就是往心所指的方向动。因此，如果心所指向的方向飘忽不定，自然地，瞳孔就无法安守在眼睛中心，也就是它应该在的位置上，而是会一闪一闪、一闪一闪地飘忽不定。因此，有散气习惯的人的眼睛是飘忽不定的。

　　其次，有散气习惯的人，听力是无法保持圆满的。耳朵的听力圆满，无论是从四面八方的哪个角度被搭讪，肯定都能听得出来。然而如果是有散气习惯的人，即使是和人面对面交流，有时候也会听漏对方的谈话，所以听力完好无损的耳朵也无法保证听得全了。这并不是因为暂时性耳聋或其他什么原因。这是因为能让耳朵听声的气有那么一瞬间离开了。眼在，故能见物；耳在，故能听声；意在，故能思情理。能让这一切成立的，原本就是同一颗种子。这颗独一无二的种子，由于我们所说的散气习惯，而在短时间内钻到别处去了，使得能让听觉成立的气不在了，因此就听不见了。就因为这样，耳朵无法确保其圆满。人们在谈话结束的时候，往往会给出"这样啊""那是什么"之类的回应，但是，听漏谈话的时候，人们是在做什么呢？仔细地调查可以发现，有的人是在思考自己生意上的事，有的是在想如何筹到明天买米的钱；有的是在回味昨天酒宴上听到的恭维话，他们非但不觉得那些话愚蠢，反而觉得高兴。若心不在此处，听则充耳不闻，所以突然变得不想听对方谈话的时候，气就会往外发散，也正因为如此，耳朵的作用缺席了。于是，即使是听到的话语，也像是被虫子蚕食的食物那样，被啃得满是孔洞，无法变成首尾连贯、前后呼应的内容，无法在心里消化并得出个所以然来。像这样，就算是当面向释迦聆听教诲，或是跟孔子面对面地学道，又掌握得了多少呢？真是让人感叹并遗憾。

阴性之人，通俗地来说是内向的人，这种人如果养成散气的习惯，四肢就会变得一动不动，犹如蝉之脱壳或者蛇之蜕皮，有桌子的话就坐在桌子前一动不动，如果有火盆的话就一直都点着火盆，手脚保持着几乎不活动的状态，但是心中却在不停地飘来飘去，想着各种事物。

阳性之人，通俗地来说就是外向的人，或者是活泼的人。这种人一旦养成气散的毛病，就会像是在空中翻转的树叶那样，摇摇摆摆地往右飘一下、往左飘一下，一会翻开书一会合上书，刚想到剪手指甲，剪到一半就又跑到户外之类的。只要一有什么想法，就又像是受惊的鱼那样，有一点动静都惊慌失措，或者为平平无奇的事情笑得人仰马翻，为别人的一点闲言碎语勃然大怒、不辞而别。这些是阳性之人动不动就能做出的举动，一句话说来，就是无法安定的心态。

中性的人是介于上述两种性质之间的人，有时久坐得屁股发麻，有时又坐立不安，没有固定的模式，总的来说是交错地表现出阴性的人和阳性的人的特征。当然，无论是阴性、阳性，还是中性的人，如果到了能轻易地从举动中就能发现已经养成了气散习惯，那么往往就已经病入膏肓了。这对于当事人来说不是一件可喜的事情。

但他们是否就无法摆脱那种坏习惯呢？这绝没有固定的答案。

    状态表现不正常，紧接着会出现血行不周的现象。血的运行是和气相伴、相随的。血既可以率领气，也可以服从于气。气和血不相离，就是生，而气和血相别，那就相当于死，因此气和血实际上是紧密关联的。气力旺盛，也就血行雄健，而血行萎靡，也就气力衰退。试着观察一下就知道了。如果想要气力旺盛，那要试着让你的血液循环活跃起来，如此便可以马上感觉到自己精力充沛了。举个相近的例子，人尝试着直立，昂首挺胸，握紧拳头，目视前方，活动双手几分钟，或上下，或屈伸，或者做出攻击的姿势，或者就像是要擒拿那样，随意使用力气，你就会感觉到身体瞬间暖了，筋骨舒张了，这个时候也就是血液循环活跃的时候。此时，自己的气力和没有运动之前比较是如何的状态，肯定不用别人说你都能感觉到。再举一个例子，在洗热水澡或者是冷水澡的情况下也是一样的。洗浴之后精神抖擞的原因有很多种，但是其中最主要的原因就是增进了血液循环，才使得气舒畅。血动则气动，气动则血动，血和气在有生之年都是不分离的。进一步来说，血动即有气，气不尽乃生。所以，血动则气动，如果血液循环快于平时的话，气就会上升、亢奋、浓酣、强健，如果血液循环慢的话，则气下行、消沉、萎靡、变弱。因为气动则血动，所以发怒的时候血液循环就会加快，如果忧虑的话血压就会变低，如果惊慌的话，血液循环就像是往流水中投掷土块一般乱。

由于这样的规律，养成了散气习惯的人，血液循环并不好。要说如何不好的话，多数人往往有血液下行的毛病，头部供血不足，都集中在腹部等部位，从而脸色或苍白或黝黑，偶尔会呈现出双颊绯红的状态。但最关键的是，大体上眼结膜的红色甚淡，这就说明脑的血量稀少。有时和这些截然相反，也有人是眼结膜呈现殷红色，脑部也充血，血液习惯性亢奋，但是这表现的是和散气相反的凝气的作用。因此正如前面所说的，相反就是相互抵消，所以散气习惯顽固的人，同时也是凝气的人，所以有时候其所表现出的凝气的现象会因人而异。

原本心带动气，气带动血，血牵动全身。假设现在你的脚柔弱不堪，希望能成为有强健双脚的人，这时候你的一念心①指向的是脚了。脚和自己必须一气相连，但是在一般状态下，也就是非病态的情况下，心想要让脚动的同时，心动带动气动，因此自然脚动。这自然是因为脚都是和自己一气相通的。然而，到了练习健脚法的阶段，只是游来荡去地散步是不行的，每一步都要用心。这样一来，气会跟随着心，注入脚部，从而血会随着气充满脚部的筋肉。因此，血管末端会膨胀，压迫神经末端，所以肚子、大腿内侧、脚踝附近会产生痛感，以致用手指压的话会感到非常痛。这和去郊游的人所体验到的脚痛是一样的。不为此退缩，每天都想着强健双脚，然后靠这样强大的决心来带动气，用气积累训练量。虽然每天都因为血液的运作而感到脚痛，但是慢慢地这种痛苦就会减缓，能达到完全感觉不到痛感的时候，血液就已经在带领全身了，不知不觉间就能拥有比常人强健的双脚。也就是说，给这个部位提供的血液越多，肌肉组织变得越紧密，通俗地来说就是所谓的肌肉得到训练，变得不像常人那么脆弱了。接着，下次用十公斤、十五公斤的重量压在身上，然后依旧用一心一气来练习

———————

① 佛教用语，在这里可以理解为日常生活中的普通念头。

步法。起初，脚还是会痛，痛就是血在作用。不过经过一段时间，疼痛感会消失，脚会越来越强健。按照这样的顺序反复练习，达到自己的极限之后再停止。在这期间，如果能学尽各种形式的步法，也就能成功练就健脚法了。于是，这个人的脚，和常人的脚的肌肉紧密度就会大有不同，因而拥有异于常人的力量也没有什么不可思议的。这就是气带动血，血带动全身所带来的效果。

大力士能得到卓绝于常人的体力，绝对不只是因为获得了先天的禀赋。能以心率气，以气率血，以血率领全身的人，就会成为非同一般的大力士。当然，有先天的因素，也就是禀赋的存在，这是无可争辩的事实。但是后天的因素，也就是修行，会带来什么程度的变化，是没有范围的。祐天①资质愚钝，然而，他以心率气，以气率血，最终成为高德之人，这是家喻户晓的故事。中国清代的阎百诗是一代大儒，可是他幼时愚钝，甚至"读书至千百遍，字字著意犹未熟"，而且还口吃、多病，实在是带着非常劣等的资质来到这个世界上的。因此，母亲每次听到这个可怜的儿子的读书声，胸口都会涌起

---

① 祐天（1637—1718），日本江户时代净土宗僧人，字愚心，号显誉上人。

无法言说的悲哀之情，甚至会让他不要再读了，阻止他学习。然而，那是在百诗十五岁时的某一个寒夜，就像平时那样，百诗刻苦读书也仍然无法理解，于是他发奋不肯睡觉，夜深时分寒气逼人，连笔墨都结冰了，但他仍然坚持坐在灯下，凝然沉思，一动不动。忽然，他的心豁然开朗，从此之后颖悟绝人。他甚至在自己书斋的柱子上题"一物不知，以为深耻；遭人而问，少有宁日"。阎百诗是一个在学问方面如此勇猛精进的人。参照他的经验，他少年时候的刻苦的样子让人不由得为之落泪。学习健脚法，腿脚也是逐渐练成的，修习相扑的技艺也是渐渐养成魁梧的身体的，勤学也需要时间积累才能让头脑变得通透敏慧，这一点都不奇怪、不可疑。心带动气，气带动血，血就会逐渐带动全身，因此脑袋本身也好，脚本身也好，身体本身也好，都是可以变化的，至于能变化到什么程度，这是用渺小的人类的智慧所无法揣度的，只有神明才会知道了。

气和血的联系如是。因此，养成散气习惯的人的血液循环，自然会产生与他的习惯相应的循环的习性，而血液循环的某种倾向也会带来散气的习惯。一凝气脑袋就会充血，气一散脑袋就有贫血的倾向。如果凝气，出现淤血的话，由于淤血，气会变得十分涣散，但是这种分散的方式与其说是"散"还不如说是"乱"，因为烦闷、冲动会让人表现得犹如山猿被困在笼中。养成了气散恶习的人，是拥有血液下行习惯的人，也就是脑部往往处于贫血的状态。但是，散气作为气习，如前面所说过的，也继承了相反的气习。所以，拥有散气习惯的人，有时动不动就脑部充血，也就是勃然大怒，有时会出现轻微的脑部淤血，也就是会有头痛、头晕的状态，而这种交替变化的状态，就好比是欠债的人同时也是爱挥霍的人，有时候寒酸凄惨，有时候锦衣玉食，没有定数。

有着美好品质的儿童就不是这样的。纯气尚未被毁掉的孩子，白天血液只会极少地上升一点点。也就是说脑部所上升的血液只会稍微多一点点。傍晚之后，血液会稍微下降，也就是说脑部会偏贫血一点点。如果尝试着用手触碰夜间酣然入睡的儿童的额头，你会发现那必定是清凉的，而同时其身体是温热的。试着用手触碰白天嬉戏的儿童的额头的话，你会发现和夜间稍微有些区别。阳光和煦的时候，白天地气上升，夜晚天气下降，同样的，健康纯气的儿童，白天气会上升，夜晚气会下沉，白天阳动，夜晚阴静，于是在平稳和微妙之间，脑力发育，体力也在增长。就算不是童子，虽不断老去但是还没有养成杂气的人因受教得道，也能和童子一样，白天血液会稍微上升，夜晚气会稍微回到脚后跟，从而身体得到调理，在日夜间发育。

然而，幼而长，长而老，老而死，这是天命，所以任何人成长到一定的程度，纯气都会逐渐变成杂气。变成杂气之后，气会形成凝气或散气，又或者会染上其他的种种恶习。因此，如果染上气过于上行的习惯，虽然会变得聪明一些，但会变得傲慢，容易激动、敏感。有的人会沉迷于功名，有的人会陷入执迷不悟的状态，夜晚也难以安眠。如果染上气下行的习惯的话，心就会摇摆不定，不停留在某一事物上，心不在焉，白天也会昏昏欲睡。他们处于不断地借钱，挥霍金钱的状态，时而凝，时而散，接着气的整体都会不断地衰弱。不仅人如此，除了直到死都在不断发育的鳄鱼之外，狮子、豹子、老虎，所有的动物都是达到一定程度之后就不会再发育，而是不断体能衰弱。这就是自然，这就是天命，这就是常态。

在这里，"顺人逆仙"这句话可谓绽放灵光。"顺则成人"，但尔等如果就此逆来顺受的话，那到了所谓云横秦岭、雪拥蓝关的时候，只会长叹万事休。纯气变成杂气，血液循环无法发挥灵妙的作用，无法通过极其适度的作息习惯来达到血液稳健上下的状态，于是最终停止发育，不久就变得苍白瘦弱，这就是凡人的常态。因此自中年之后染上气过于凝聚的习惯，或者染上了过于涣散的习惯，这与其说是当事人自作孽，还不如说是受自然规律的支配，从而气散或气凝，这种说法才是恰当的。与其说是当事人的心理状态导致了散气的习性，还不如说是受自然的支配，染上了散气的习性，这种说法更加贴切。换句话说，人的成长也好，衰老也好，都不是由这个人自身的意志所控制的，而是自然所导致的。因此染上散气的习惯之类的一切，皆是大自然的手笔。

然而，中国道家文化提到"逆则成仙"。人不是只能被大自然指挥的，同时也被赋予了在这中间对自然提出反对意见的权利。禽兽虫鱼没有参与造化的意志，但是人类也没有必要将太古时期的状态永远持续下去，所以才过着和"鸟必黑衣，鹭必白衣"不一样的生活。如果只是一味地服从自然的命运，凡人也就和禽兽相距不远了。但是圣贤的教诲启示我们，所有凡人的常态，就是超越了人与禽兽相同的本质，成为非禽兽、非虫鱼、非赤裸裸的原始人类。如果纯粹顺应自然的话，人就只是野猴子、山羊，作为人的尊贵的根据无处可寻。

克服淫欲，克服食欲，超越人和禽兽之间的共同点，努力发扬人和禽兽的不同点，人类用血描绘了五六千年的历史。人不能单单像黑鸦白鹭那样，生下来就甘愿等死，而是无意识或者有意识地有超越一切动物、超越前代文明，并且超越自己的欲望。于是人类自身的欲望又获得了一定程度的许可。有人拒绝等同于动物的低等天性的淫欲，有人拒绝贪嗜食味，有人拒绝耳目的娱乐，有人拒绝嗔怒争斗，有人拒绝愚痴爱执，有人连爱惜生命的大欲也在所不惜。在古今贤哲的故事中不难发现这种事实，这些全都和普通人不一样。可是，这些人中多数都多多少少实现了野猿山羊以及凡人所不能及的高级愿望，也就是"逆则成仙"。"仙"说的并不是以露为茶、以叶为衣，而是指道之所至，因此和在儒学中称为"圣贤"、在佛教中称为"佛菩萨"类似，在道教中则称作"仙"。所以，正如这句"逆则成仙"说的，本来普通人年老之后气自然会变得驳杂，养成散乱的习惯，没办法像孩童时候那样了，但还是可以通过练气凝神扫除恶习的。我们该如何摆脱散乱之气的坏习惯呢？

静光与动光（其三）

　　这样一来，说到如何纠正、治愈散气的坏习惯，和一旦受伤也要两三天才能痊愈，一旬生病不经过两三旬也好不了的道理一样，气散的坏习惯如果是昨天才染上的，那仅需数日就能治愈了，但如果这种坏习惯被人置之不顾，是不知不觉之间长年累月积累出来的，即使想要改正、治愈，一朝一夕也是不行的，而是需要相当长的时间。尽管如此，年纪轻的人无论怎么说也比较容易痊愈，四十岁以上的人是相对困难的，当事人必须要使一股劲儿。拿植物来说，小树受了非常严重的伤也会很快痊愈，但是老树负了一点伤，动不动就会枯死。那是因为从整体上来说，所谓的生气，在年轻的生物身上比较强。与此相反，年老的生物生气衰弱，只剩下所谓的余气，死气都已经开始萌发了。人与动物和植物不同，他们被赋予了自我调节、使用自己的气的能力，但却滥用，常常以消耗气的事情为乐，日日夜夜地挥霍生气，让其枯竭。因此，有很多人早早地就让生气枯竭了。在佛书里，有"欲界诸天以泄气为乐"的说法。不如天神的人类也好，畜生也好，都以消耗气和血为乐。命还没有耗尽，而气已经衰竭的人并不少。这样的人是非常麻烦的。要说原因的话，无论是想要改正散气习惯也好，还是做其他事也好，自身的气已经在不断衰竭了。这就像是想要改正散财的习惯，但无论改还是不改，他的财物已经要穷竭了，没有办法了。

也别太指望年龄小这件事。如今，还没有三十岁就依赖暖炉的缺乏生气的人尤其多。这也有天生的体质的原因，但这种大多数是挥霍气的人。尽管如此，尚年轻的人，如果能稍微自我反省一下，马上振作起来就好了，但中年以上的人并不是那么容易就能治愈的。可是中年以上的人也不能因此而失望，因为失望是非常伤气的。

如果想要治愈的不仅是散气的习惯，而是全部的气癖，例如无论是想要改正偏气的习惯，还是想要改正弛气、急躁之气、萎靡之气等的习性，都不分年轻还是年老。如果有过于泄气的习惯的话，就必须要先予以改正。凡人虽然做不到像牢藏玄关那样把气控制得死死的，但过于泄气，一点不剩的话是很严重的。

本来人直到二十岁前后，每天都在发育，这就是因为有生气。发育几近成熟了，生气逐渐囤积在体内，最后才会泄出体外，又会重新形成生气的另一个寓所。这样，天地间的生气生生不息。举个例子来说，个体就是天地间生气的容器，从作为容器的自我之躯泄露生气，也就使得这个容器归于不用，所以泄露得越多，这个容器就越早成为无用之物。当然，有人生来就是一个大容器，拥有可以容纳充分的生气的命运，也有人生来是个小而弱的容器，原本就注定无法装下非常多的生气。这就是所谓的禀赋、天分。所以虽不能说泄露多少就能立刻知道折了多少寿，但总的来说，损耗生气是不好的，这点无须多言。因此，人如果觉得自我损耗的坏习惯很顽固的话，首先就要慢慢矫正这种坏习惯。可是，过于急速地想要矫正，气会郁曲旋转，焦躁闷乱，动辄出现失控的状态，易怒易狂，所以要慢慢地加以矫正。放肆淫荡的青年和壮年，忽然之间主动把自己革新，严正持身，结果反而变成表现异常，甚至极端的人，这在社会上是很多见的。可是玄关牢藏这些事情，是想做也无法做到的事情，所以首先要下定决心，严格克己，不要泄气为好。

就算做不到，也先想着怎么能不过度挥霍气。其次是思考正确的应对方法，所以想要改正散气习惯的第一个该着手的地方，就是只能先对其置之不顾。

如果要考虑养成散气习惯的根源，从天命来说的话，那是从人逐渐发育完成、纯气转变为杂气那里产生的，但是从本人的心象来说，不管有没有气散的起因，都是从纵容眼前的事开始产生的。概括地说，气散的习惯就来自屡次做气散的事情。例如有一个商人，非常喜欢围棋。这个人在和一群人下围棋下得正欢的时候，来了一份生意上的电报。他完全知道电报非常紧急，但是他却仍然在下围棋，所以没有马上打开，而是左手拿着电报，继续二子、三子地下棋。在这样的情况下有这样表现的例子并不少，但这就是逐渐养成散气习惯的主要原因之一。

在这种场合下，这个人是否还能专心下棋呢？本来这份生意上的电报的价值如何，又应该用什么样的态度来处理，等等，对不可能不知道这些的人来说，无论他对围棋多么热衷，都做不到不把气分散到手中的电报上。这样一来，要将心思放在围棋上，又要想着电报。那么，所谓的气必然会分散。人是无法在同一时间想着两样东西的，所以在这一刹那想的是围棋，那一刹那想的是电报。他的气就没办法安静地投入一个地方。因此，这种时候，围棋有可能会出现意外的漏看和失误，或者出现损棋，结果导致败局。生意方面有可能因为一时的怠慢而导致非常严重的损失。因此，无论是哪一方面，都没有好的结果。

当然从用散气这种非良性的气来做事的这一点来看，导致了不好的结果，这可以说是理所当然的，所以这个结果姑且不论，只是在这里应该观察的是散气发生前后的状态。不管是否有必然导致散气的原因，非要固执地做眼前的事情，散气的就是这眼前的事情，如果一边想着收电报，马上把它打开，读完它，并且必须对此进行处理，但却并没有这么做，而是继续下棋，无论怎样心思还是被电报所牵引着，因此气不得不分散。当这样的事情做了不止一次两次，而是好多次的时候，最终就会变成一种癖好，就算没有发生电报在下棋的过程中从手中掉落的事情，在下棋的时候也会想着生意上的来往和事件的处理，等等。换种情况，有时候也会一边处理着生意上的事务，一边想着围棋的事。再换种情况，做着甲事的时候想着乙、丙的事，遇到丁的事，又想着戊、己、庚、辛、壬、癸……最终变得完全染上散气的习惯。

如果到这里能很好地理解，自然就能明白摆脱散气习惯的方法了。

散气本就是从"不为可为，不思可思；为不可为，思不可思"之中产生而变得散乱的。所以首先要治心，坚定意志，坚决思可思之事，为可为之事，这是第一个着手点。用前面举的例子来说，正在下围棋的时候，电报来了，那先处理电报，就是为可为之事，而不管要事，继续下棋，也就是为不可为。所以电报一拿到手上的那一刻，就应该立马站起来，离开围棋盘，回到账房里，或者进入办公室，读这份电报，商量要如何处理，然后进行回复或是采取其他的对策。等到妥当处理完之后，如果还想下棋，就再回到围棋盘前，全身心投入地下棋。

对于已经养成散气习惯的人来说，要做到这样面面俱到是很困难的，但是从一些琐碎的事情开始就行了。无论第一个着手点是什么，都在于"为可为，不为不可为；思可思，不思不可思"的决心和执行力。一边吃饭一边读书，或一边看报纸，这是谁都会做的事，但实际上并不适宜。就是因为这样才没能读好书，而且在茫茫然中就虚度了一生。吃饭的时候就安心吃饭，饭是硬的还是软的，汤是咸的还是淡的，还是味道刚刚好；菜肴是什么鱼，是新鲜的，还是陈腐的，这些便全部都了然于心，用全副身心来吃饭才是正确的。明智光秀曾经没有去除粽子的叶子就咽下去了，这也难怪会被人拿来批评光秀所拥有的天下不会长久。举办俳谐、连歌活动的商人，有时在俳谐、连歌正进行时却兴致勃勃地谈生意。古代的宗匠说，在达成商业目的之后再唱连歌，美哉！这实在是非常有趣，不愧是一夜庵的主人①。哪怕是一个短句，靠散气都是无法创作出来的，所以完成任务之后再投入到遣词造句的思考中去，这样才能教人之道，而且也展示了得佳吟的本来之道。没有人会不知道粽子是需要剥掉叶子吃的，但是一边吃粽子，一边精神分散，心跑到其他地方去了，所以哪怕是三日打下天下的伟人也被人当作是蠢货。光秀无疑是非常了不起的，但想必平生也染上了散气的习惯，对着此事想着彼事，做着甲事，心里又装着乙事。冷不丁地向旁边的人打听本能寺的沟有多深，也是一边创作连歌一边心不在焉的证据。虽然光秀失败并不是因为这样分心，但是这样的内心状态对光秀来说绝不是良好的状态，他内心的烦闷可窥一

① 一夜庵，俳谐的鼻祖山崎宗鉴在兴昌寺境内结庐的庵寺，一夜庵的主人这里就是指山崎宗鉴。

斑。光秀被信长施加了难以忍受的凌辱，他的内心一刻也无法为这件事感到释怀。因此，即使是吃粽子的时候，尝试创作连歌的时候，心里怎么能做到想着的都是吃粽子、创作连歌呢？恍惚之间没有剥粽子叶就吃了，创作连歌的时候问出冷不丁的问题也并不是没有道理的。因此，根据这样的道理来想，自然就知道能治愈散气的习惯的方法了。

首先，如果有可为之事，那就去做吧，有可思之事，就去思考吧。如果没有什么可为、可思之事，那就放下。然后不管明镜上是涂鸦还是尘埃的痕迹，都不要去阻止它。在这个基础之上，直面那些你自然而然想做的、自然而然思考的事情。这样一来，正如镜净影自鲜的道理那样，镜前之物自然就能清楚地映照在上面了，就能气不散乱、全气地应对事物。心里记住这些，无论什么事情都能麻利应付。一开始可能会觉得非常烦，但是习惯了就好。就像是早上起床、更衣、叠好被子、打开窗户、关灯、打扫房间、洗脸那样，慢慢地一件事情一件事情地认真去做，不找借口也不费事。

但是，要做到非常完美，还是需要修行的。看似很容易的事，却不是每个人都能做得好的。例如叠被子叠成一团，打扫房间也还有灰尘，一边洗脸还一边思考着其他的事情。往往没办法将要做的事情一一贯彻到底。因此，即使到了四五十岁，大半辈子过完了，可使用扫把的技巧一个都不知道，这是谁都经历过的事情。即使一屋不扫，能成为像陈蕃那样扫天下的伟人也没什么问题。但是天下的事情先不说，每个月领点工资就过完一辈子才是我们普通人千篇一律的人生。这就是因为大家没有把所做的任何事都一一贯彻到底，没有全心全意做事。如果全心全意做事的话，无论我们多么平庸、顽劣，不用等到四五十岁的年纪，打扫房间这样的事情在两三个星期内也能做好了吧，至少不会拿个扫把还带灰尘。

大家都知道，丰臣秀吉还是个下人的时候，侍奉信长做卑贱的工作，但是大多数人没有考察过这位太阁曾经是如何执行事务的。无论是多么微不足道的事情，太阁都是全心全意地做的，想必信长是看中了这一点才逐渐重用他的。如果丰臣秀吉用像我们叠被子都叠成圆形的态度来做事的话，信长绝对不会提拔他。可是当时和丰臣秀吉一同做卑贱的差事的很多平凡之流，想必也就是像今天我们日日夜夜做的那样，用所谓的"马马虎虎过得去就行了"的态度做的。那些人没有做什么事情都彻底做好的觉悟，也就是过着到了四五十岁的年纪也还没有学会使用扫把那样的生活，因此可以想象到，十有八九他们一生都处于较低的地位，碌碌无为。

这样一来，即使是做琐碎之事，因其琐碎就不重视，不尊重本心的源泉就来源于此。微不足道的事物被照歪了也没关系，这并不是对着镜子应该抱有的正确的想法。即使是微不足道的事物，明镜也能原原本本反映出其原样。实际上，孔子无论做什么都能做得非常好。太宰云："夫子圣人与，何其多能也？"这是完全认同孔子做什么都非常出色，有感而发，还是轻蔑而言，不得而知。但是孔子对此谦逊答曰："吾少也贱，故多能鄙事，君子多乎哉？不多也。"从即使是"鄙事"，即微不足道的事情，也能做好的这一点看来，可以明确地推断出，像孔子这样的圣人无论做什么事情都是全心全意应对的。

对微不足道的琐事敷衍了事，小事都不会做却张狂不已，这是平庸之人的日常。而微不足道的琐事也能做好且保持谦逊的，是圣贤之态。反过来，他们能做好微不足道的事情，是由于全心全意应对，如果是以我等的身份看来都是无聊的事情，只要稍微全心全意来做就可以完成的了，那么以圣贤的才能来做的话肯定能完成。

因而，他们那种就连琐碎的事情也能全心全意对待的健全、纯良的气习，最终会让他们成就显赫的功绩和德行。另一方面，平凡愚昧之辈就连微不足道的小事都无法做好，也就是什么都做不好就过完了一辈子。全心全意从事，在儒教中的"敬"讲的就是这个，而保持全气全念是道家"炼气"的第一步。因此，我想表达的就是，做好无趣的日常琐事，是需要一定的修行的。但是你一旦学会的话，想忘都忘不掉，就像是只要记住一次在水中浮起来的办法，再进入水中自然就会浮起来。只要能努力做到彻底打扫一次，以后就不会觉得打扫是件烦事，自然而然就能做好了。从早上起床到半夜睡觉为止，一步都不走出家门，全身心投入工作中，这是非常了不起的。不要觉得在桌子前坐着思考难题才是修行，而是要想着举手投足都可以提升自我。只要经过六七天，乃至八九天，肯定有人是可以看到一定的进步的，就算没有进步，至少也能彻底做好三四件琐事。

举个身边的例子，我在黑暗中脱下的木屐，摸黑也能穿上，这是自然的，但是如果不是用全气脱下的木屐，突然脑中闪出一道光也没法穿好。然而，如果能彻底做好脱木屐这件事，无论什么时候都可以在黑暗中把木屐穿回来，远不至于要脑中闪出一道光。如果坐姿正确，不必用手整理衣服的下摆和衣领，都能坐得非常端庄。如果桌面上整整齐齐，文具用品摆放的位置等无论如何变化，都能自然归位。说到艺术的话，围棋和将棋那样精妙的技艺，都是深不可测的，即使花上两三个星期也难以入门，但日常琐事是任何人都可以马上做好的。因此无论是一件事，还是两件事，如果有想要贯彻到底的决心，那就在遇到这件事的时候用全气观察，会在什么样的情况下达到什么样的结果，只要一养成全气投入地去做眼下的事情的习惯，那么你就可以不知不觉摆脱散气的习惯了。

　　一边手握电报一边下棋，或一边读报纸一边吃饭，一边看小说一边和人交流，这样的事情聪明的人动辄就能学会，但那归根到底是无益的，往往会将恶习沾染在身。圣德太子在同一时间倾听数人的诉讼之类的事情是非常罕有的例外之谈，在正常情况下是不会出现的，切勿向他学习，否则就是东施效颦。如果有不得不为的，不得不思的，马上去做就好了。这是让气顺当的方法，这样一开始气就能自然地顺当地流通，不会四处发散了。如果有不可为、不可思之事，马上放下为宜。这是稳固气的方法。然而，放下往往比较困难，所以首先要去着手做不得不做的事情，将气理顺当了为好。然后一步一步地养成全气做事的习惯是很重要的。如果有两三件不得不做的事，那就选择其中应该做且必须最快做完的，以一种自己在做这件事的途中死去也无所谓的姿态，从容地去做就好。实际寿命殆尽，事未尽，人先倒下了也没关系。全气死去，也就是"尸解仙"①。不过，全气生活，疾病之类是很难找上门的。

摆脱散气习惯的第二个着手点就是，跟随你的爱好。但凡是人，都会有各自不同的因、缘、性、相、体、力，并且会在生命中发挥着各自的作用，所以在我看来是存在着先天的宿命这样的说法的。有句话说"一饮一啄，莫非前定"，如此过于相信命运是不好的，但无论如何都喜欢或者讨厌的事情也并不是没有。有的人即使被父母禁止也要继续画画；有的人就算是被亲兄弟劝说，也不愿意成为和病人打交道的医生。这就是各自的因、缘、性、相、体、力的综合作用，有的事情旁人无法干涉，

---

① 道教认为道士得道后可遗弃肉体而仙去，或不留遗体，只假托一物（如衣、杖、剑）遗世而升天，谓之尸解，用尸解这种方法成仙的人叫"尸解仙"。

自己也无法勉强。不用太过于深信年纪尚轻的人一时的好恶，但是兴趣因人而异这个事实是存在的，这是不争的事实。

假设现在有一个非常热爱画画的人，这个人听从亲兄弟的劝诱，自我鞭策，立志成为自己并不喜欢的僧侣。但是由于厌烦，无论怎样都无法将自己的气全部投入去思考宗教，还是想要去绘画。

为什么这么说呢？因为如果这个人拥有喜欢画画的基因，或者是小时候发生过使他对绘画有非常浓厚的兴趣的事情，有着适合成为画家的体质和肌肉组织，具备能画出整齐均匀的线条的腕力以及可以鉴别微妙的色彩的眼力，等等，那么这个人自然会拥有应当成为画家的命运。这样的人强行修学宗教，无论如何都会气散的，而这酷似养成注意力分散恶习的人，与其说是染上了注意力分散习惯，不如说他们的气凝聚在其他的事情上更为贴切。所以，让这样的人把心思放在宗教方面，勉强其修行，虽然并不一定无果，但是这种做法是愚蠢的。如果在这种情况下气散乱了的话，那还不如跟随着兴趣，下定决心舍弃修行宗教，如果爱好钻研画技的话那就将心交给画技更好。散气的习惯自然就消除了。

即使没有出现上述情况，从情理上来说无论做哪一种选择都可以的话，那所有人都跟随兴趣，舍弃不愉快的事情，这对顺气和养气来说是非常有帮助的，而且会间接扫除散气的习惯所带来的坏处。兴趣可以为人带来生气。这个用比喻来说的话，对喜欢硫黄气的茄子类的植物施少量的硫黄，对喜欢清冽的水的山葵这样的植物浇清冽的水，就能使得茄子、山葵长得壮硕，因为这顺应了它们的本性。茄子从那硫黄那里获得了茄子美味的气，山葵从清水那里获得了山葵辛辣的气。人追随兴趣，从气上面来说是非常有帮助的。如果不顺应兴趣，做了像给茄子浇清冽的水，给山葵施硫黄那样的事情的话，两者的气都会各自萎靡，终究必然会一同出现不好的结果。本来，兴趣这样的东西是根据命运而产生的，顺应它是非常紧要的。喜欢在山水间放浪形骸，欣赏美术，以狩猎驰骋为快，所有各不相同的事情都会发挥不同的作用，如果顺应本具的命运，无论做什么都是好的。但是耗气、乱气的事情是不宜的。淫乱、赌博这些，也有人是出于性格而尤其喜爱的，但是无论这是如何被本具的命运所注定的，如果放纵的话，就会消耗气，使得气迷乱，必须加以节制、禁止，这是毋庸置疑的。

气血的关系在前面已经略述过，根据这一点，在摆脱散气习惯的第三种方法中，有一条讲的是调节血液循环，但这一条现在在这里暂且不做解释。因为如果通过文字语言，对生命过程中的血液循环之事一知半解，就试图去进行改善，说不定会带来坏的结果。只是，在这里我举的例子，也仅限于：酒类使用不得当都是会打乱血液循环的，所以尽量不要饮酒；充分利用呼吸功能、唱歌吟咏，会对血液循环产生促进作用。

总的来说，不是以血带动气，而是以气带动血；不是以气带动心，而是以心带动气；不是以心带动神，而是以神带动心。整血资气，炼气资心，澄心资神。血即是气，气即是心，心即是神，不能三心二意。气的恶习中，首先要将导致散气习惯的原因扼杀于眼前。不断积累做好琐事的经验，自然就能知道气的动态了。以这样的方式修行，两三个星期就能找到真正的着手处。

涨 潮 退 潮

同一片江海，早晨现晨景，日暮现暮景。

拂晓时分的水雾氤氲着淡青色，东边的天空渐渐放白，不久半空中的云就开始像烧着了一样，红紫相间，光彩夺目。这时候，一道金光慢慢地从无涯的浪花的尽头，如同闪烁一般冲天而起。忽然之间，这道金光从一道变成两道，再变成三道、四道、五道，闪闪烁烁，就像是舞火龙、惊朱蛇，万斗黄金从熔炉中溢出来般光焰炽盛，放出烈烈煌煌的焰火。混沌突然之间被分裂，天地急速被打开，魑魅遁窜，鸟兽皆欣，出现这样的景象，简直有如所谓的"开水门"。这样一来，波浪击打海岸的浪声、搁浅在沙滩上的贝壳的颜色、缄默的岩滩上岩石的容貌、仿佛枯树般的藻盐木的香味，全都尽情地沉醉在欢喜的美酒中，唱着吉庆的颂歌，在愉快的空气中啸叫。晨之江海，美景确如此。

虽说是同一片江海，如日没虞渊，西天的红霞会逐渐失去色彩，一旦等到四海苍茫，即将入夜时，每多一刻，天空中的红光就会被黯淡的重重云幕遮蔽一些，阴郁之气会一波一波地袭来。云愁风悲，水和天就像是因为忧愁苦闷而变得疲累的身体无法自撑那样，毫无力气的身体相互靠近，看起来就像是最终消失在死亡的黑暗之中。这时候的景象实在是令人感到哀伤。

江海本无心。无论清晨或傍晚，江海依旧。但虽然是同一片江海，清晨呈现出清晨的模样，傍晚可能又是另一番光景。虽然是同一个事物，但常常也并不是时刻看起来一模一样。

世上既然存在时间，那么实际上就不存在相同的东西了。假设这里有一棵松树。通过这棵松树的种子培育树苗，从树苗培育成小松树，直到小松树长成如今的大树，昨天的这棵松树和去年、前年，乃至大前年的松树不同。同样的，昨天的这棵松树和今天的这棵松树，肯定也是不同的。一切事物都和松树一样。而且世界上并没有什么是没有了时间依然可以存在的，所以一切事物都是受时间支配的。一件事物在某时所呈现的模样与状态可以说是与在其它时刻的它截然不同的两种事物，此物由始至终都是"处于某段时间内的某物"。

黄玉是带有黄色的宝石。可是经过了非常漫长的时间之后，它会逐渐失去其黄色。鸡血石是有着像鸡血那样殷红的纹理的宝石，然而经过十多年后，存在于其表面的红色会逐渐变暗。这表示，虽然这样的物品承受时间的影响不如植物、动物等那么明显，但在经过了漫长的时间后，受到时间的影响还是会很明显的。

根据这个道理，即使是同一棵松树，实际上也并不是同一棵松树，因为它日日夜夜都在变化。虽说是同一片江海，但江海本身日日夜夜、时时刻刻都在变化。

故此一切的事物自身时时刻刻都在不断变化，更不用说事物自身以外的、日晒雨淋所施加给它们的影响。就像同一片江海的朝夕相异，是没必要大惊小怪的。更何况，宏观地来说的话，太阳也会失去光辉，大海也会有见底的时候。毕竟世间的一切世相，无常就是其本相，有变也是其本相。

不过，无常之中有一定的规律，变化之中也存在着不变的通则，这也是世界一切世相的真谛。

黄玉是在一定程度的比例上逐渐失去其黄色的；鸡血石是在一定程度的比例上逐渐黯变的；松树在某个季节开花，某个季节换叶，然后逐渐长大，逐渐老去，逐渐枯萎。江海每天早上都呈现出太阳升起的快活的景象，每天日暮都呈现出阴郁凄凉的景象。一切事物皆如此，那人类怎么能单独地脱离这种规律呢？人也和黄玉、鸡血石、松树、江海一样。尤其是人和黄玉、鸡血石相比，拥有生命；和松树相比，有感情和意志；和江海相比，可以应酬万象，拥有交错三世的关系。人类可以从自身的行为影响他人的行为，也可以从他人的行为影响自身的行为，可以推己及人，也可以推人及己；可以靠自身的行为改变他人的想法，也可以靠他人的想法改变自己的行为；可以用自己的想法改变自身的行为，也可以用自身的行为改变自己的想法；可以用自身的想法改变他人的行为，也可以通过他人的行为影响自己的内心；可以通过自己的行为改变自己的行为，也可以通过自己的内心改变自己的内心。其中的影响纷繁错落且多种多样，几乎就像百千万亿张繁密的罗网纵横交错、上下铺陈那样，每天都在变化，每个月都在变化，每年都在变化，从而在从生走向死的过程中，虽说是同一个人，但人的变化既是迅速的，也是剧烈的、大范围的。

因此，无常有变，是人本身就无法避免的。无机物和有机物皆如此。可是，在变之中有不变，在无常中有常。江海之晨呈晨景，江海之暮呈暮景，就像这样，人也是在从生走向死的过程中循环着某种规定的路线，从而逐渐长大，逐渐老去，逐渐衰弱。

个人的特例姑且不论，与人类的心理和生理有关的笼统的说法也都先放在一边，现在就人的"气的张弛"来说。

所有人应该都经历过并且记得吧，人有气张、气弛。气张时的样子和气弛时的样子，这两者之间有显著的差异。

张气是什么样的呢？弛气时又是怎么样的呢？虽然不知道是什么原因，但人的气的状况并不是只有单一的"张"或"弛"，而是一张一弛，张了之后就会弛，弛了之后就会张，如此循环。用比喻来说的话，就如同是众所周知的相互交替地进行的昼夜、朝夕。

试着观察一下人气张的时候。所谓张，指的就是内在的东西向外扩张、伸展的情况，和一般的词语解释没有什么不同，人的内在的气息，出现向外伸展并想要扩大的状态的时候，这种状况就叫作气张。努力做事的时候，还带有忍受着一分苦痛的意思。例如女子入夜后行走在人少的道路上，她的内心虽然觉得害怕，但还是强忍着害怕走路的情况，说的就是努力做事。

又如，人在逆水行舟，水势对我方不利，在快要筋疲力尽的时候，还要强忍着继续划动橹或篙，汗流浃背地继续前进，诸如这种情况说的就是努力做事。努力做事固然是非常了不起的，但还应该承认这过程中存在着一丝的厌恶之情和痛苦的感觉。然而，同样的女子行走在同样寂寥的道路上，如果这个女子是为了在母亲病危之际聘请大夫，孝心深重，行走的时候只有快点把母亲从病痛中救出来的炽热念头，完全不顾路上的荒芜的话，这种情况就是人们说的"气张"。

又如，同一个人沿着同一条河逆流行船，接到了某处也许有一个非常大的鱼群的消息，捕鱼心切，以至于争分夺秒地逆水行舟，无暇顾及河流有多么汹涌，手臂有多么疲惫，继续前进，这种情况也叫作"气张"。当然，努力中也包含了气张，气张之中也包含了努力。可是，所谓努力，多多少少会包含着忍耐痛苦的意味，但是在气张做事的时候却是没有包含对痛苦的忍耐的，它是把痛苦丢在脑后，痛苦对它来说甚至不值一提。细微地观察的话，两者相似之中又有不同之处。

如深夜读书学习，更阑时移，睡意渐渐袭来之际，坚定心志，发奋不睡，这就是努力。因为好学，自然没有睡意，这就是气张。努力是"使劲张气"，而气张是"自然地努力"。两者之间有相通之处，这是当然的，但是存在着不自然和自然的差别，一个寻求结果而另一个则是寻求原因。努力无疑是好事，但是气张比努力更好。既然有这种"气张"的存在，那就应该希望保持张气度过每一天，做好每件事。可是，人和一切事物一样，都是无法长期保持一致的。所以，有时自然张气，有时则自然而然变成了弛气。一张一弛，从而或生长或衰老。一直保持张气是非常困难的。

就算是同一个人，气张的时候，会表现出比同层之辈更佳的状态，也会表现得比平常的自己还要优秀。前面所列举的女子走夜路的例子、渔夫逆流而上的例子、学生灯下研学的例子是如此，而羸弱的妇人碰到近邻失火，意外地可以搬动很重的家财等，也是人在气张的时候超越了平时的自己的例证。这样一来，做学问也好，做事务也好，打工也好，如果用张气来处理的话，就能发挥出这个人最大的能力，也会收获非常理想的结果。但即便是张气，要常常保持这种状态也是非常难的，所以至少在遇到事情需要处理的时候，能用张气来对待。

琴弦被拉伸才能发得出声音，琴弦松弛则音低，越松弛则音越低至于无；弓箭的弦被拉伸，箭才能发得出去，弓弦松弛则箭射出去的力量变弱，越松弛则箭越无法发挥作用。人也是如此，其气张，这个人才能立功成事，其气弛，则会导致功废事败。气的张弛与人，应该说有着非常重要的关系。

张气的情景，就像是天渐亮，一寸寸放明的同时，阳气也在每时每刻都增多。草木的种子可以得到土地的肥料和水分的滋润，渐渐膨胀充盈起来，那状态就像随时有嫩芽拔地而起。最能表现张气的姿态的是涨潮。朔望①的潮滚滚压来，瞬间就能吞没陆地，冲上岸边。放眼望去，旷野都被波浪包围，只能看见中间涌现出一块高地，那种以势不可当的架势冲过来的情景，实在是张气的样态。就像种子、弓箭弦、拂晓天、涨潮之势、进军之鼓那样，但凡由内向外舒展的情形，都是张气的样态。就人来说的话，张气就是人所要应付的事物占据了人全部的心的一种精神状态。就像装满空气的橡皮球那样，内部一点气味也没有，但空气却装满其中，于是相对于外部，以一个地方为据点的，就是张气之象。我投

---

① 即朔日和望日，也就是农历每月的初一和十五。此时由于地球、月球、太阳处于一条直线上，潮势一般会大涨。

入全副身心去读书，专心得恰到好处；敲算盘，那我的全副精神就都在算盘上。这就是张气的精神。

读书时，我的心短暂离开了书本，想起了昨晚听的音乐的节拍，这些不是张气，而是散气。不是一边读书一边想着其他事，只是浅读，对书中的内容品味不足，没有神采，没有气力，仿佛一个栩栩如生的木偶对着书卷，这也并不是张气，而是弛气。气散，用比喻来说的话，就像是瞬间闪动的灯火无法清楚照亮物品那样；气弛，用比喻来说，就像是橡皮球由于内部空气减少而反弹的功能减弱。即使是用算盘做加减乘除，气散也往往容易产生错误，而气弛往往会让运算变得不灵敏。如果气张的话，则可以算得又准确又灵敏，至少可以发挥出这个人算术的最高水准。

同样的蜡烛在燃烧着，其中一根蜡烛的烛火有气的张弛，从而火光有明有暗，能照亮的范围也有大有小。蜡烛的火也有气的张弛，这听起来很可笑，但是短暂时间内不掐灭蜡烛的烛芯，把蜡烛燃烧所产生的气体罩在里面，蜡烛的火气会变弛，烛光变暗，蜡烛能照亮的范围就会变窄。如果把烛芯剪开，火气张，烛光更加明亮，能照亮的范围也会变得更大。一根蜡烛也好，一盏灯火也好，如果仔细观察的话，会发现它们的气也是有张弛的。同一个橡皮球，在橡皮球冷却的情况下，其内部的气体会萎缩而弛；若加热，其中的气就会膨胀，球也会变大。气张的话反弹回升的能力变强，气弛的话这种能力就会变弱。蜡烛的烛火并不是在少顷间就能变粗或者变细，橡皮球里的空气也不是顷刻间就能增减的，但是一张一弛的确存在于它们身上，只要有一张一弛的存在，结果就会产生明显的差异。就像这两个比喻所表现的那样，人用张气处理事务，和用弛气处理事务，其结果是会产生很大差异的。同样情况下，最好能以张气去处理事务。

如果我们用全副精神去处理事务，老实说，这似乎是什么人都能做到的，但其实并没有那么容易。有的人沾有散气的习性，有的人带有会产生弛气的癖好，也有人染上如急躁之气、退缩之气、暴气、恍惚之气、亢奋之气等种种恶劣的气习，所以只保持着张气是非常难的。剪开烛芯之后，短时间内会慢慢地变亮，这是因为有张气，但是不久又会变暗，因为火气被烟雾影响，变弛，变弱。稍微旧一点的橡皮球的气已经不足了，虽然一时之间还可以因为温暖的作用而张气，但很快会一下子变弛，反弹的能力变弱。

与张气相反的气是弛气。气原本是"合二气为一元，剖一元成二气"，所以必须要和其相对的气之间相互引证、互为共生、相互吸引、相互跟随。

其次，又如人们常说的"母气生子气"。如果把张气当作是母气的话，急躁之气就是子气。急躁之气是急功直上的气，如枯草干柴之火不续，旋风朝卒。有句谚语是"驹之朝勇"，讲的是驹还没有成长为马的时候，非常奋勇，早上喜欢奔驰飞跃，但到了傍晚就疲惫不堪，不复早上的勇猛，常常如此。用急躁之气来做事的人，就像是读书如流水，写字如飞书那样，做出仿佛一日读数十卷书、写百千万字的势头，表现出行路须臾间就飞跃山河丘陵那样的意气。可是，用急躁之气做事，必然会常常疲劳，遇到困难，勇气受挫，就会导致再次产生萎靡不振的心理。张气是非常好的正面的气，但摇身一变，成为急躁之气的话，善恶就先不提了，会变成凶多吉少之气。读书追求速解，往往武断而终；写字往往出现落字错书之失；算术往往搞错位数、拨错珠子；走路则时而入旁径，时而拐错弯。就算有幸没有陷入这样的过失和挫折中，也会一气疾尽，余气欲逝，导致读书读不下去，写字写不下去，算术算不完，走路却半路觉得无聊而走不下去。即使是好不容易有了张气，也会流失，最后变成急躁之气。这也是一难。

亢奋之气也是作为张气的子气产生的。值得庆幸的是，张气不直接产生亢奋之气，而是短暂保持张气若干小时后，作为张气的结果，可能带来的若干收获。这时，这个人一旦器量狭小或者气质产生偏颇，自然就会产生亢奋之气。亢奋之气的象，横流暴溢于天地间，自我膨胀，压制他人。读一卷书，读其中的三四章就认为自己掌握了一整卷书的内容，这就是亢奋之气导致的。听别人说话，还没有听人家把话说完，就已经对其进行是非评论，这也是有亢奋之气习惯的人常有的事情。获得了十万、二十万的财富，就想要百万、千万的财富，这也是有亢奋之气习惯的人常有的想法。世界上有多少的半吊子英雄，以及市井上许多的自作聪明之徒，都是因为有这个亢奋之气的习惯，才没有获得成就，导致事业失败，最终有了乖戾的气习。这种亢奋之气只要出现一次，张气就无法发挥其正面的作用，良性的张气的作用日渐消失。有时候这个人是张气，但很快亢奋之气就乘胜而来，后来纯正的张气的作用就几乎消失殆尽了。比如南海的海浪冲过来的时候，强烈的南风乘着波浪而来，浪潮就会变得更加汹涌，变成了"潮来的日子"，也就是导致最终失去了"潮信"。在这种情况下，涨潮不再出现在真正潮涨的日子了，就像这样，真正可以发挥妙用的张气，反而消失了。张气之后易生亢奋之气，这也是一难。

凝气是张气的"邻气"。凝气之象与张气非常相似，但又和张气有非常大的差别。张气是将吾心百分百地装满憧憬的东西，但是凝气却会让自我的气被心里所憧憬的事物埋没、消耗殆尽。吾心已不在吾心里了，只是一味专心致志，这就是凝气。比如，赶路的旅客，听说这是人常走的路，所以不看左右，一味地往前。如果他所选择的路没有错的话还好，但如果从正路走岔了，会带来无限的悔恨。下围棋时，只想着在和敌方相争的一个局部的位置取胜，而忘了去攻打其他棋子，这也是凝。除了现在相争的一个局部之外没有可以争的地方，也没有可以下子的地方，想着无论如何都不能输，这就是凝。凝，就是凝然不动。如高山湖水那样凝然清澈，是凝气之象。有大不自在、大不自由之象，又有非常恐怖和严肃的一面。张气，若论善恶，以为善；若论大小，以为大；若论吉凶，则不凶不吉。无论是英雄还是豪杰，都有凝气习性重的人。勇士、学者、军师、艺术家等，无论刚勇还是聪明，大多数会受到凝气的弊端的影响。从武田胜赖在长篠的毫无胜算的战斗，我们就可以看到精神凝然不动到底会有多么可怕。不出不进，只待在某个小地方，不奏凯歌之前不后退，只是一念专注于心中的目标，恶战苦斗，在所不惜，这就是胜赖。所谓勇者，大凡说的都是张气强的人。像胜赖这样的人无疑是勇者，但可惜的是，他那强烈得令人生畏的张气，最终变成了邻气——凝气，事败功失。秀吉战败了，气不为所屈，充满了十二分的勇气。可是他只凭张气，并没有陷入凝气中，所以机略纵横，最终让家康脱下了靴子，还能说出"靴子是德川大人让我取走的"这种谦逊之中又不失豪放的话。用死生来论的话，凝气是死气，张气是生气。凝气是一动不动的气，张气是融通无阻的气。凝气不是恶气，可还是要以不变成凝气、保持张气为目标。气张甚旺，动辄就会变成凝气。这也确实是一难。

除了以上的例子，还有很多人既有子气，也有邻气，将张气保持着张气的状态处事接物，是非常不容易的。那么该如何保持张气的状态呢？这才是我想说的。但是在那之前，我们先说一下张气生灭起伏的始末吧。人事难悟，但实际上也有易晓之处；天命易知，但具体难解。但人事已经是包含在天命之中的一部分。可用天命来推测人事，但用人事来算尽天命，是不可能的。人乃天地间的一颗尘埃，所以一从大处来论的话，人只能顺应天地的法则。可是，人事亲我，天命情远，所以从接触的密切程度的这一点来看的话，没有比观人事更好的方法了。从人事的角度思考张气的发生，自然会有很多种可以引发张气的不同的时机。第一，张气发生于"自觉吾与吾信一致"的时候。这是最正大崇高的引发张气的方式，即使这个所谓的"吾信"错误了，也不影响这个高光时刻。无论是宗教教义、学派学说，或是自己发现、顿悟、认识、肯定的信条，凡是自己相信是真实的、公明的、中正的东西，与自我不相悖，自己觉得两者是一致的，人就会比任何时候都更充满勇气。

古代的传道者、殉教者、立教者、奉道者，可以忍受世俗所不堪的困难、凌辱、痛楚和悲哀，不屈不挠，坚持一气到底，而促使他们成就伟大的生涯的，就在于大多数的他们都是觉得自我与自我的信念是一致的，自然就能张气。不仅是信条道义上，而且在数学、天文学、

146

地理学，乃至理学、化学等其他的学科上，自觉吾与吾信一致，无疑明显地会让这个人打起十二分的张气。于是，气越张，越能在自己的道路、学问上励精图进，这个自觉的核心也越来越牢固、深化。而能使得自觉的核心越来越牢固并深化，气就会越来越张，所以最终可以一气坚持到底，取得非常伟大的成就。

孟子所谓的浩然之气，也可以理解为在讲气的张弛。使得至大、至正、至公、至明之道与我一致，是培养浩然之气的根本。古今伟人、圣贤之流，有哪个不是养成浩然之气的人？他们全都是能将浩然之气培养得非常好的人。日莲①也好，法然②也好，保罗③也好，彼得④也好，没有一个人的气是萎靡不振的。德行越深，道行越高，想必这个人的气自然和平凡之徒的气是不同的，所以圣贤世界的事现在就暂且不提，但总的来说"自觉吾

---

① 日莲（1222—1282），著名日本佛教比丘，日莲宗创立者。
② 法然（1133—1212），平安时代末期至镰仓时代初期著名比丘，日本净土宗创立者。
③ 保罗，又作扫罗、保禄、圣保罗，耶稣十二门徒之一，早期基督教的重要领袖、传教者。
④ 彼得，又作剥夺路、裴特若，耶稣十二门徒之一，罗马教会的创立者。

与吾信一致"，最好的意义就在于，它是张气的起因。信，以建立在意、情、志的融合之上的信为上品。然而，就多数人的信来说，并不都是这样上乘的。既有智不足之信，也有情不足之信、意不足之信、情智不足之信、智意不足之信，还有意情不足之信。意、情、志三个因素都具备的信是很稀有的。可是，就算因素不足，信还是信。既有智反之信，也有意反之信，还有情反之信。这些矛盾令人不可思议，但实际上是存在的。也有智情皆反之信、情意皆反之信、智意皆反之信。这些虽然诡谲，但却存在于世间。凡是信的力量会由于因不足，以及反因的存在，产生高低大小的悬殊，但尽管如此，信还是信。这些各个等级的力量的信和自我之间的一致性，会根据信力的不同，而表现出差异，从而又使得张气的状态不相同，这是毋庸赘言的。

第二是通过"意的料简"① 产生张气。比如，有幼儿的商家妇女，忽然间丈夫亡故，虽然悲哀涕零得不能自已，但此时正是非常关键的时候，而不是任性地哭得死去活来的时候，因为无论如何也要将亡夫的遗子抚养

---

① 又作料拣、了简、量简、量见、料见。这里是心理调节、改变心态的意思。

成人，让亡夫的家业不败落。为此，也不关闭店铺，就算做不好也要辛苦经营。就像这样，通过"意的料简"，产生张气。

人因为际遇变迁，有时会产生心理上的大起大落，有时会突然发作。这种时候，气会产生非常大的变化。有的人会产生急躁之气，有的人会产生散气，有的人会产生弛气，有的人会产生亢奋之气，也有的人产生凝气，或者怂气、舒气。在遇到上面的情况时，有的人会产生萎缩之气，身体衰弱，头脑变笨，只要幸运星没有在头上高照，就会陷入悲伤的心境中。又或者产生凝气，把心思寄托在宗教上面。可是，也有的人又产生了张气，将以前因为丈夫失去自我、不知不觉间已经完全变成弛气的气又重新张起来，从服装首饰到饮食，样样重新改头换面，拼命持家养儿。这种处境下，以寡妇一人之身，也能让人刮目相看，所以所谓的"气张"也可以让人的聪明才智得到进一步的发挥，让人举手投足更加灵敏，让人将自己的能力发挥得淋漓尽致。虽说气张可成事，但也未必一定能成功，收获果实。尽管如此，如果人人都能将上天所赋予的一切利用得淋漓尽致，是不会有天生无用之人的，所以只要这个人能接受与他的身份相应的命运，并且能引导出张气这种善气所产生的结果，就算说不上吉祥但也不至于大凶。

第三是通过"情感共鸣"产生张气。前面举例的孝女为了聘请医生而走危险的夜路就是属于这种情况。嫉妒之念、感恩之情、愤怒、恼怒、憎恶、喜悦、忠诚或其他多种感情的共鸣，有时动不动就会让人产生张气。可是，丑恶的情感很多时候会让人产生退缩之气、暴气或者是急躁之气之类的恶气，而不是张气这样的善气。欢喜的情感并不丑恶，但比起产生张气，很多时候会带来弛气。美且正直的感情的共鸣，多数情况下会产生张气。巢林子①在他的戏曲中，描写了美人温情让受难的兵卫发奋张气的故事，创作了一场佳景。在实际上，因感情的共鸣而产生张气等的善气实属少数，但可以说在历史、传记、戏曲和小说中的佳话，很多都是因感情上的共鸣而带来了善良且正直的张气，并且最终带来了良好的结局。

我想列举的第四种是因智慧的光辉而产生张气的情况。可这也是属于非常罕见的事实。但是翻阅大多数发现

① 即近松门左卫门（1653—1725），日本江户时代净琉璃和歌舞伎剧作家。

者、发明家等的传记，要找出因为智慧的烛光而了解了某事象的一端一隅，而忽然间产生张气，不顾长期的困厄痛苦，最终成就了大业的例子并不困难。张气可以增进人的才学智虑，还可以强健肌肉的力量，增强心理意志，所以智慧的光芒越是夺目，气越张，则才学智虑越能得到增进。这个人在不知不觉之间就能发挥自己的最高能力。

本来，智识之威就恰似烛火。外界越黑暗，烛火就会发挥出越强大的威力，随着黑暗程度的减弱，逐渐变得明亮，烛火的威力也就减弱了。在光明得一切都看得清清楚楚的白昼里，烛火可以说几乎一点威力都没有了。同样的，智识会伴随着社会智识的缺乏程度而发挥出强大的影响力，哪怕是非常微弱的智识。如果诞生于此处的智识越来越先进，这个智识就会散发出灿烂的光辉，在没有智识的黑暗世界发挥着美丽的威力。一点星光就能在漆黑的暗处发挥出巨大的作用，哪怕是再微弱稀少的智识，都能给这个地方带来一点光明，打破社会的黑暗，会让看到光明的人产生极大的勇气。涅普斯①

---

① 约瑟夫·尼塞福尔·涅普斯（1765—1833），Joseph Nicéphore Nièpce，又译作尼埃普斯，法国发明家。现存最早的照片是涅普斯在 1826 年拍摄的。

和达盖尔①了解到光线照向其他物品的力量存在差异，相信可以实现捕捉影像的技术，那时候的智识和今天我们所拥有的摄影技术的智识相比是何等的微弱，这毋庸置疑。可是作为难以实现的事物的比喻，当时处于没有和捕捉影像相关的智识的黑暗中，拥有先进一步的智识的两人，用他们自己手里握有的智识烛火照亮了黑暗的世界。他们就像手握神话故事中有魔力之宝物的人往往会遇到数不胜数的艰难苦厄那样，以无限的希望、愉悦和勇气，克服周围惨苦的状况，让浑身上下都充斥着张气。但凡才智和能力在社会上出类拔萃、鹤立鸡群的人，大概都会遇到这样的遭遇，比起体会个中滋味，更重要的是敢于做他人认为困难的事情。

第五是从被寄托在美术及音乐等艺术中的他人的强大张气中产生张气。但并不是只有张气才能通过这样的方式产生，人都是会拥有类似于共鸣作用那样的心理的，所以甲的萎靡之气会诱发乙的萎靡之气，丙的散气会诱发丁的散气。人或多或少会受这种作用的影响，某人的

---

① 路易·达盖尔（1787—1851），Louis-Jacques-Mandé Daguerre，法国画家、照相技术发明家。

某气会让其他的某人产生某气。狂气是散气、凝气、退缩之气、暴气、沉气、浮气等所有恶气错杂酝酿，打破了时间、空间的二元结构，产生了狂气，但是这种气是一切恶气之最，所以案例很罕见，不过有时候会产生影响作用。虽然不至于发展成狂气，但恶气比善气，更能引发共鸣。这和世上拥有斑驳不纯的资质的人比，拥有平生善良的资质的人多，做愚蠢恶劣之事比做贤良之事反而更能受到庸俗的大众欢迎的道理是一样的。

多人集会，换句话来说，没有优良资质的人比拥有优良资质的人多，所以只要动辄就会偏气的两三个人，在集会中口出狂言，做出让人意想不到的举止的话，人们就会被这个人的偏气的威力所影响，心理上出现类似于共鸣作用的波动，于是身上有相同的气的人都会开始被调动起来，不久这种同样的气被调动起来的人就从五人变成了十人，从十人变成二十人，越来越多。如果将这比作音响的话，就相当于音响所发出的声音越来越大，最终比较健全、平正的人们，也就是还有少数的还没有被同气的人，也不得不产生了共鸣，以致也开始骚动，恶气和凶气席卷了全场，其他的善气和吉气最终沉没了，上演了非常狂妄、愚蠢、丑陋的事情。

这些都应该说是气的共鸣作用，尤其是暴气等是从其他种类的恶气发展而来的，所以很容易对各种气产生共鸣作用。凝气摇身一变就会成为暴气，想象一下勇猛的将士那凶神恶煞的样子就知道了；与凝气相反的散气也会变成暴气，在街头因为一点小事就打架斗殴之类的，以致要出动警察的人，有很多都是有散气的习性的；急躁之气也会变成暴气，轻举妄动导致事情失败，很多都是急躁之气转变过来的；亢奋之气再三受到打压，最终会转变为暴气……其他和暴气一脉相承的、同声相应的事情非常多，所以庸徒的聚众集会动辄会有愚蠢的行为上演，更何况带有某种意义的集会、某种气盛行的时候更是如此。因此，自古以来，总会有人利用这种气的共鸣作用来达成阴谋。

美术和音乐并不是天地所创造出来的，而是人自然而然创造出来的。人是没办法不带任何气的。因此，人所能创作出来的美术和音乐中，只要不是单纯地将底稿拼接起来或者是把古谱重新加工一下，就没有不承载了作者的气的作品。这样一来，承载了某个作者的某种气的美术和音乐，通过存在其中的气的作用，可以在观众或者听众中产生气的共鸣作用。如前面所举的例子，在多人集会的情况下的共鸣作用，普通人的气的作用会影响到其他人，但就连这样，也能产生很大的影响，更不用说美术和音乐，那是拥有特殊才能的人在特别兴奋的状态下形成的结晶，所以其作用比普通人的气的作用不知道强多少。因此如果这些美术和音乐的作者，将某种气产生的作品或者是音乐提供给社会的时候，接触这个作品或乐曲的人自然就会有意识或无意识地感受到其中寄托的气的作用，然后因这个气而触动或共鸣，连创作者自己也难免会被这个气触动。也就是说，如果亲眼看到或者亲耳听到包含了颓废的志趣和情感的作品，会变得同样颓废；如果亲眼看到或者亲耳听到包含了激动紧张的志趣和感情的作品，会变得同样激动紧张；接触到幽玄的作品或乐曲的时候，同样也会被幽玄的心绪撩拨；接触到轻佻淫靡的作品或乐曲时，同样心灵也会被煽动，变得轻佻淫靡。换句话说，授受双方之间的共鸣作用成立的时候，就可以说是艺术获得成功的时候。我们接触到卓越的美术家、作曲家等的作品和音乐的时候，感到美妙或愉悦，悲壮或幽怨等，这不过是作者在创作该艺术时的心象的反映。

根据这个道理，艺术家所选择的主题，或者是手法、内容，足以诱发我们的张气的时候，我们的气便因此产生了共鸣，于是扩张；有时候作品足以诱发弛气，我们的气便必然会松弛。

一幅画、一阕曲，不得不说都是能引发人们思考的。欣赏美人图的时候，的确人的气会不复凶猛；听到表达缱绻之情、缠绵之意、怜香惜玉之念、偎红倚翠之趣的靡靡之曲，的确人的气是无法保持得清澈如冰、坚定如石的。就算同样是表达人的情感的曲子，如果听的是表达贞女对征夫的思念之情，或者是勇士告别家园时的感情的曲子，我们也会生发出和倾听靡靡之曲非常不同的气。这样一来，如果想要保持如张气这样的善气，就要努力对能产生弛气的倾向的美术和音乐等敬而远之。雕像要在运庆①以上的，书法要在鲁公②以上的，赏李杜的诗，学韩苏的文章，无论是绘画还是音乐，都要严谨有法度，豪放有力量，雍雅不卑俗，醇正不邪恶，充溢其中的应是堂堂正正的精神。大家可以凭借这些优秀的作品激发我们的张气，产生共鸣的作用，或者让我们的气

---

① 运庆（约 1148—1224），日本镰仓时代著名的雕刻家、僧侣。
② 即颜真卿，因其在唐代宗时曾官至吏部尚书、太子太师，封鲁郡公，故又称"颜鲁公"。

之弦响起伴奏，引发共振。

新环境的出现也会产生张气。直到昨日为止都还在
陋室内的隐士，今朝就坐上了官椅，成为官吏；或者是
上个月还被上司随意支使的人，从这个月开始就开了自
己的店铺，自己想怎么干就怎么干；或者是居住在偏远
地方的人，实现了乔迁的愿望，得以在都市里定居；又
或者是摆脱了虚荣繁华的大都市的乌烟瘴气，笑傲于山
高水长的清净之境；或者是金门玉堂之人忽然间栖身荒
野，穷人暴富、贵人忽抛簪缨、寡妇得夫、桀黠之民起
乱……由于这样的境遇际会的变迁，新环境出现，人自
然会张气。

要说到境遇的变化为何会导致气张，对于这个问题，
只有一条答案是不够的，而是应该有数条。第一是境况
改善的情况，第二是境遇恶化的情况，第三是虽然没有
明显的改善或者是恶化，但是总之出现了新的境况。由
于这些情况的种种差异，人们所承受的也会不一样，随
之其产生的身心状态也不同，所以无法一概论之。在境
遇改善的第一种情况下，身体状态与精神状态一同改善，
于是产生张气。生活在混浊的空气中的人转而生活在新
鲜的空气中的时候，单是从空气本身所受到的影响也绝

不会少。不仅咽喉、气管、肺脏变得舒服了，而且肺内的氧气供给充分，可以完全地发挥血液的净化作用，作为其结果，血液循环整体良好，脑及各器官容易获得消耗后的补偿，胃肠功能呈现出强健的状态，摄取和排泄相互之间取得良好的平衡，新陈代谢舒畅，所以身体健康，容光焕发。如果是从偏僻的地方或寒冷的村庄去到都市，在能获得美食佳肴的情况下，他所获得的良好心境多于所失去的时，这个人的身体状态必然会变好。其他类似的例子还有很多，但凡这种境遇改善的过程中，形而下的状态的改善，首先会改善身体状态，从而改善精神状态。因而就像是营养充足的树木自然会充满生命力那样，因为身体状态的改善而使得精神状态也得到改善，自然地使得气张，这并不是不可思议的。

在营养不良使得身体日渐衰弱的情况下，昨天能扛六十公斤的物品，今天只能扛五十八公斤，今天能扛五十八公斤，明天只能扛五十六公斤。这是因为身体衰弱导致力量不断减弱。与此相反，营养良好，使得身体日渐强健的时候，力气会渐渐变强。腕力并不只是通过肌腱存在的，也不只是因为意志而存在的，而是由于意志和肌腱的互相作用而成立的。营养比过去的更加良好，身体日渐强健的情况下，不管本身力量强弱，也会在不知不觉之间增强。这和增强身体力量的例子相同，就像营养改善使得身体日渐增强那样，精神的力量也会每天改善。就像潮水每时每刻都会往前推进，春天的温度每天都在升高那样，精神的力量因为身体状态而逐渐增强的时候，气也会自然而然地张起。"张"说的就是逐渐从无到有，从少到多的过程，因此哪怕非常微少，只要精神的力量有所增加，就是张气出现。境遇改善的时候，会直接给精神状态带来舒适感，这也是导致张气出现的一个原因。与此同时，还存在着另一种情况，即身体状态的变化会改善精神的物质载体，也就是脑、神经等器官，使得精神力量逐渐增加，这种现象自然会产生张气。

如此一来，在境遇改善的情况下，张气会由直接和间接的两个原因而产生，但除此之外，张气还可以在改善、恶化、不改善不恶化三种情况下出现，也可以说任何新环境的出现都能产生张气。这是因为所有新的刺激都会给心海带来新的冲动，让心海掀起波浪，而这种波浪的活动冲击打破了心海的死静，扫荡腐气，振奋元气，所以自然而然就会使得气张。根据这个原理，新的境况的出现自不用说会带来新的刺激。详细说来，一切的生物，先天就被赋予了与外界抗衡的能力，只要还有生命力，就能随机应变地防卫和保存自己，所以当这种抗衡能力被唤醒的时候，在另一方面，在长期服从某一任务而疲惫的部分精神获得休养的同时，会表现得仿佛至今为止久居闲地，只能感受大腿的力量，而如今猛然站起来，伸展腿部的力量，有种终于能施展拳脚的感觉。身心整体的沉闷或平静被打破，引发了兴奋或发展的动态。不仅是人类，其他动物也好，植物也好，长时间处在同一状态的时候，会带来衰弊凋零。动物重复同一状态的时候，由于只使用身体以及精神的同一器官及功能，进步到某种程度后就不免倦怠疲惫。植物常常要舒张根茎和叶子，避免自然地处于同一状态，但如盆栽之类要是经常放在同一范围内，如果不能巧妙地给它剪枝叶或者施肥，不努力地打破其单调的话，那么盆栽长到一定程度就会枯死的。就算生长期是一年的植物，豆科、茄子科的植物忌讳连作，可以说是很明显地证明了在同一系统里的事物重复同一状态是有弊端的。人也逃不过这个道理，境遇辗转，南船北马，朝不保夕，颠沛流离的人，你想着他是不是会意气消沉，但他反而没有，过着有美妾侍左右、膳夫在厨房伺候这样的安逸的生活。你觉得他会永远保持着勇往直前之气的人，反而非常羸弱，很多人动不动就患肠胃病，甚至是神经衰弱之类的病。境遇安定到一定程度确实是幸福的，但是如果过度了就会不再发达和进步，接着就会萎靡不振，无法保持张气。

如上所述，新环境的出现是产生张气的原因。话说回来，张气可以驱逐其他的恶气，因此每当一气大张的时候，种种恶气就会被扫荡殆尽，精神状态和身体状态自然而然地焕然一新。在地上打滚、泡温泉、洗海水浴等，不仅是因为土地状态、温泉成分、海水刺激等才产生效果的，出现新环境会马上让人开始为对抗外界而自然地应变，因此导致张气，这产生张气的同时，能去除自己身心上的疾病和疲惫。像神经衰弱症这样的疾病，多数都是因为气的呆滞或者失调所导致的，所以长时间地在同一件事情上使用气直到它沉寂，或许是心理上或者生理上缺乏气的调节所引起的。这要是从气的作用来说的话，有的是由于萎靡之气，有的是因为亢奋之气、散气、凝气等造成的。因此，由于新环境的出现，如果有幸能产生张气的话，马上就会忘记这个病了。人的大多数疾病都是生于不觉，成于自觉。自己没有察觉的时候，哪怕病已经在身体内出现了但仍然不知病，一旦到了能自己发现有病的时候，疾病的阵势已经大大扩张了。换句话说，没能自己意识到的疾病等同于无病，但如果能自我意识到的话，没病也仿佛有病。在中国古代的谚语中，有句话大意说"把病忘到脑后，病自然就逃了"，这句话简直就像是为现代的这些自觉病患者说的。如果是因进入新环境而导致的张气，自然就能忘却病情，从而让人看起来这个病就已经治好了。可是，如果经过数日或者是一两个星期，等到昨日的新环境变成了今天的已经习惯了的环境，一旦张气变成了昨日的美梦，反而会由于曾经产生过张气，而引来了其反面的弛气和其他的恶气，使得对自己的病的自我意识又会变得强烈。因此，有人认为利用转地疗养和进入新环境而产生张气的治疗法是没有效果的，但比起认为它一点效果都没有而排斥这种方法，还不如不管有多少效果都加以利用，这才是机智的。而且世界上有很多人都认为新环境的出现对这种病状是有效的，所以采用这种方法。这个事实很明显说明了有很多时候张气都是因为新环境的出现而产生的。

第二是环境恶化也可以产生张气，这听起来有点矛盾。可是其中的原因，也和面对新环境时往往产生张气的原因是一样的，这是因为陷入比过去更加不快、不好的、不适的状态中，可以产生更多的应变对抗能力，因此这一点也无须怀疑。陷于这种情况中，当然有很多人是会萎缩退却的，才能和勇气都会衰减，但有的人反而会因为事情对自我不利而产生更多的反抗和兴奋心理，毅然决然地产生张气。如前面所举例的，有幼儿的妇人看到丈夫之死而奋发便是如此；忠臣孝子遇到国运和家运陷入困难，反而会发奋图强，也是如此；战争陷入胶着状态，将士的意气反而更加旺盛，也是这样的道理。这样的例子绝不少，这些人都是因为自己的境遇恶化而产生了张气。

但是因环境改善而产生张气，这是顺动；因恶化而产生张气，这是逆动。一个是单纯的自然，另一个是复杂的自然。一个是天命，另一个是人情。这样一来，因环境改善而产生的张气是可持续的，而因环境恶化而产生的张气是暂时性的。这里的暂时性，说的是在这个过程中会急速地消失、变化。比如潮水，每个日夜都会涨潮、退潮各两次。将涨潮比作张气的话，其象甚是相似。涨潮，从开始涨潮的那一刻开始到结束为止，五个小时内每时每刻都在不断涨，涨满即潮停，然后就是后引——退潮，归根到底也不过只持续了五个小时。人的张气如果用一天一夜来说的话，最多只有十六个小时左右，但是即使能保持张气，张气在最终到达某个时间之后会衰竭，弛气渐生。举个非常极端的例子，有的人的张气可以保持二十个小时，甚至是二十二个小时，或者是整整一天一夜，但多数人实际上自身的气错综复杂，绝对不可能是纯粹的，所以一天一夜之中能保持两三个小时的张气，那这个人就已经可以说是上等的企业家或学者了。总之张气到了某个时间段就会衰竭了，事实上就是如此。可是如果用一个月来衡量的话，从月龄①的第七、第八段开始，潮水每日每夜都在高涨，到了第十五、第十六段，会涨得更大，只需要七天左右潮水就能涨到极限，但是一涨到极限又会逐渐减少，经过七天之后就下降到潮汐的最低水位。如果将这个月龄的第七、第八段到第十五、第十六段之间的潮水比作是气，张气的象也是如此。其后，渐渐降低的潮水就好比是弛气。

————————

① 在日本文化中，指的是从新月（朔）到来算起的天数。由于大海的盈缩基本上是由月亮和太阳的位置决定的，因此在日本从古以来就有用月亮的盈亏来命名潮汐的习惯。一般来说，月龄7—9段是小潮，10段是长潮，11段是若潮，12—13段是中潮，14—17段是大潮。

也就是说在一个月中，气七日张，七日弛，又七日张，又七日弛，因此用一个月来说的话，潮涨两次，其所持续的时间也仅是七日而已。同样的，人的张气能自然持续的时间大体也是有限度的。有日有夜，有醒有睡，月逝年移，人慢慢长大，逐渐老去，最后死亡，这是无论男女都会经历的同一个节奏。这个路径小到一日，大到一生，都是一样的。季节的循环、月亮的盈亏、时间的终始，形成一定的规律，并且对一切的生物带来影响，那么生物也会形成一定的规律，有时昂扬，有时衰弱，有时沉睡，有时清醒。既然不得不承认规律这种东西的存在，那么也必须承认人的身心也是在做一定的规律运动。这样，如果没有其他的原因，在一天之内张气持续几个小时之后，变成弛气，在一个月内张气持续几天，就变成弛气，这是自然的规律。自然的规律也不过如此。

　　在顺境中自然产生的张气尚且如上所述，更不用说在逆境中产生的张气是如何能持续的了。没有任何的其他原因，张气是无法持续几个小时或几天的。例如，退潮时，有时会因为偶然的风压和地变而涨潮，又比如每逢长潮和小潮的期间，偶然会产生高潮的现象。由于没有从根本上可以彼此相辅相成的因素，所以张气得以持续的时间非常短。将树木移到贫瘠的土地去，砍掉树上大部分的小枝繁叶，树木依然可以保持青葱的颜色，还可以长出新的枝叶，短期内还会呈现出张的气势。但是，不用过多久，这棵树就会渐渐地失去它的张气了。从旧地移到肥沃的土地里，树的态势有所张这是自然的，但移到贫瘠的土地里还能气势微张，这只能是人为才能做到的。因此这棵树储藏在体内的养分挥发消耗殆尽之时，不足以为继，最终会势弛威衰。环境恶化而产生的张气，是在还没有恶化之前这个人本身的潜力的一种发挥，这种潜力用尽之后，就不可避免会逐渐变得松弛。吃土而战的意气，无疑是非常强大的张气，但是如果是幼虫的残骸收缩形成的稀有的食土就罢了，普通的泥土是没法食用的，所以必定是无法支撑好几日的。体衰则气衰，肌弛则气弛，以致无法每天支撑下去。人动辄遇到环境恶化会产生张气，对于好胜的人等来说尤为如此，但是很少有人能将自身的张气延续下去的。既然没有能使得张气自然持续的其他原因，那么张气突然间就会变成弛气或者其他的气。前面所举例的失去丈夫的妇人，在拥有一个独子的情况下，如果这个妇人有特殊的技能或经验的话，她就可以依靠自己的技能和经验的力量的支撑，将张气持续下去，不然的话就算一度是张气的，也免不了忽然间就松散、萎靡。

真正受张气驱动，如果是事业的话，其事业的经营和发展会和这个人的周围状态成正比例，但如果是凝气所驱动的，事业本身也会得到充分的经营和发展，但周围的状态难免会呈现出不均衡的、瘸子走路般的状态。像艺术这样，凡事都用张气来处理的时候，最终一气两拆，可以生出"澄气"，脱离"浊气"，完全从俗尘的褒贬毁誉中超脱出来，还会到达完全忘却浮世的得失利害等的境界，以至于出现明显的进境。在将身心寄托在艺术上的时候，本来是不应该有获得别人的称赞、超越别人、被世人喜欢、获得丰厚的报酬等的想法的，然而这样庸俗的想法和情感并不见得有几个人是没有的。就算是非常严肃的艺术家，在张气的境界中从事的艺术水平会有所差别，但要说丝毫也没有想获得别人的称赞、超越别人、被世人喜欢、获得丰厚的报酬这样的念头，那是不可能的。至少这种种的念头是张气的伴随者，会出现推动或者牵制张气的情况。然而，既然这个人是用张气严肃地从事艺术，至少在他的张气健在的时候，执笔在丝绸手帕上想鸟画鸟、想花画花的那一瞬间，是没有获得别人的称赞、超越别人、被世人喜欢、获得丰厚的报酬这样的想法的，而是从这个人的心里到大脑里，再到双目乃至十指末端，都是满满的鸟和花，几乎别无他物。技艺的巧拙和感染力的强弱是另一回事，拿着画笔，对着丝绸手帕的时候还有种种其他的想法在蠢蠢欲动的话，那就不是张气的状态，总之就不是纯气了，而是杂气在发挥作用了。就算技艺精巧，感染力强大，但创作出来的作品依然充斥着很多的俗气的人，这些人归根到底是用杂气在创作的人，也就是说，那是在拿着笔、对着画布的时候，还能说出庸俗的话语，小声嘀咕并且倾听杂音的人的作品。技艺还未精巧，感染力还没有强大，画得不好就不好，无论我身在何处，都想方设法能让这个画作主题的花有花样，鸟有鸟样，仿佛马上就能绽放花香，鸟儿啼出声来，心中除了这幅画作之外别无他物，或者是我和画作融为一体，或者是画家本人沉浸在画作中……境界有很多种，但是不管是哪种，用张气来作画的时候，至少这个人的最高能力在这里会发挥得淋漓尽致，只因为心无杂念，他的全副精神都已经在这里了。于是，艺术就是从这里升华的。不过，用张气做艺术的境，也仅限于此了。抛开画笔，离开画布，还是会想要获得别人的称赞、想要超越别人、被别人喜欢、获得报酬的。但是，今天用张气工作，明天、后天也用张气来工作，一个月、两个月乃至十几个月，一年、两年乃至十几年、数十年也用张气来工作得停不下来的时候，自然就会出现泥水分离的境界了。不仅是在不知不觉之间积累了修行，技术有所长进，而且作为长年累月坚持张气，养成纯气，而不变成杂气的习惯的结果，渐渐地不知道在何时就会忘记想要被别人称赞了，想要超越别人、被世人喜欢、获得丰厚报酬的想法也逐渐淡了，变得只是单纯地想要描绘自己或物品的命运原来的样子。譬如涨潮之后海水自然而然地就清净了，又如时间一长，浑水中的泥土就会下沉，水变得清澄。这就是产生"澄气"的时候。既然到达了这种泥水分离的境界，天赋的大小就无关紧要了，所以小者还是小，狭隘者还是狭隘，偏者还是偏，浅者还是浅，必然将各自呈现出各自的妙处。芍药栽培得当也成不了牡丹，龙眼甚美也不敌荔枝之味，可是芍药有芍药的清艳，龙眼有龙眼的甜美。艺术家最终能到达澄气境界，实际上是值得尊敬的。达到了就算画人没有鼻子、画象漏了牙齿也不会被责难的境界，就是渐入佳境了。

不停地修养澄气，最终会形成"凛气"。发展成凛气，气渐化神。如果能发展成凛气，则气象玄妙、神理幽微，但我们这些只求其教于外、不证其教于内的人，是无法感受到那种妙处的，所以在这里不做讨论。只凭张气从事艺术的人，有时候会散发出澄气的光芒，展示出自身在艺术上的进步，但是用凝气来从事艺术的人是绝对不会出现澄气之象的。用张气来从事艺术，不管这个人是不是天资愚钝，经过一段时日，总会有所进步的。或者有一进一退的时候，但也有时候显示出进步的迹象。可是凭凝气进行创作的人拿着画笔，对着画布大费笔墨，归根到底还是像被拴住了的马绕着柱子打转、被困在笼子里的猴子忙着来回于六个窗子之间那样，是不会有任何的进步的。玩了七年的围棋，爱上俳谐九年，被围困了一千局、两千局，创作了一万句、两万句，有的人也仅是熟练而已，不会有实质性的超越的。这些人看起来似乎是因为环境恶化产生了张气，并且张气还在持续着，例如为家庭潜在的波澜而困恼的人，一股脑地投入围棋中，从他的孜孜不倦这一点来说的话，这种作用和张气的作用类似，但很多实际上是被凝气所驱动的。如果是张气这样的善气在发挥作用的话，在它所持续的期间内，是有可能发展成澄气的。就算无法成为长期稳定存在的澄气，但按道理，至少在他的身心所寄托的艺术方面是不可能不出现非常明显的进步的。因为用全副精神长期地对着一项艺术而没有进步的道理是不存在的。而且凭凝气的话，凝气是不进不出、停滞一处的死气，而张气是每时每刻都停不下来的、每一刹那都在进步的生气，两者有很大区别，所以其结果也是不进不出、停滞一处也并不是什么不可思议的。用凝气来做事，就像是把冰和物品放在一块，这个物是难以发生改变的。用张气来做事，就像是用流水来浸泡物品，物渐渐能生长发育。

张气要是不发展成澄气，就会止于没变成澄气的状态了，凝气则会发展成为退缩之气之类的。这是经常发生的事情。可是，有时也有从张气发展成为凝气的情况。用张气来对局下围棋，偶尔也会有输两三局或者更多的时候，一出现一心想赢的心态，马上就会沦落成为凝气了。又或者是已经变成凝气的人，天资优秀、因缘佳良的时候，有时也并不一定不会发展成张气。可是这些都是很少见的例子。环境恶化的情况下，还能拥有张气的人并不多，大体上都沦落成凝气了。然而，这种凝气和张气，如同朱赤相近，所以人们害怕承认那是凝气的作用，而不是张气的作用，所以为了这个颇费口舌。张气能维持下去的时候，就像进修艺术那样，会天天进步。由于自己的状态不妙而产生的凝气，如果持续下去的话，就像是张气所见的情况下，虽然看起来是从事艺术，孜孜不倦、心无旁骛的样子，即使每天都对着棋局下围棋，每天都对着画布，亲近笔墨，每天都写很多篇文章，创作诗歌，已经到了连篇累牍、山积车载的地步了，但实际上只是停留在价值低的、没有进步的可能的、熟练却庸俗的作品阶段，不过是重复着在舞台上原地踏步那样的事情。观察他们的做法你会发现，张气和凝气之差，是很多人都能很明显就看得出来的。

环境说不上是改善，也没有到恶化的程度，而是不好不坏、介于好坏之间的时候，气发生变化，或者是产生张气，这样的情况也是有的。可是，这已经在新环境的出现这一个小节中阐述得很清楚了，已经没有必要再在屋子上建屋子了。

我们已经差不多阐述完能产生张气的人为方面的因素了，但是如果要论述得更加详细的话，还有很多是值得说的。可是，人为因素对人的确切的影响也可视为天命。毕竟天命包含了人为因素（人事），而且绰绰有余。

人事不过是天命中的小小波澜，在天命中，人事的整体只占据了极小、极短、极弱、极轻的地位。与此同时，在人事的整体中，占据了极小、极短、极弱、极轻的地位的，是个人的状态。而在个人状态的整体中，占据小、短、弱、轻的地位的是个人一时的状态。人类的任何事情和自然相比起来，都极其小、短、弱、轻，自然是如此的漫长、博大、坚韧、强大，而人类是多么渺小，这是所有人——只要是有思考能力的人——都思考过的问题，尤其是我们不免以一种大自然的主人的姿态来思考我们的气的时候，这种感觉尤其强烈。

存在于人事和天命之间的所谓的人寿，当然占有重要的位置。从人寿来说的话，人从出生到壮年，从壮年到老年，从老年走向死亡，在这些期间，人的前半生显然都有强烈的张气作用。从壮年到老年，从老年到死亡为止，只要还有一息尚存，当然是还有张气的，但是渐渐地张气会越来越少，渐渐地其他的气会越来越多。有关张气的内容已经再三论说过了，所以只要稍微自我省察一下，自然就能悟到张气的动态了。因此这里也不必多言了。

人应该像从黎明到中午的气象那样来生活。世界充满了蓬勃的生气。考察天命、人事、人寿这三个因素，将张气持续下去吧。只是张气在日间得张，在夜里善弛；在生时得张，在死时善弛。涨潮、退潮，潮长动而海长清，春秋流转，才能永远丰收。

后　记

　　这本书是在距今三十多年①，前半部分应村上氏的需求，后半部分因伊东氏的邀请起草的。当时的人们太过于急功近利了，在这个不如意之事十有八九的世上，很多人徒然自寻烦恼，没法让自己保持舒畅爽朗的心情，我为这些人感到悲伤。我希望人们可以有不同的心态，用阳光舒畅取代阴暗悲惨，悠闲从容地过好每一天，快乐度过一生，所以我斗胆略施笔墨，只希望能劝导人们化苦为乐，以健康勇敢的意气来拂拭懊恼焦躁的态度。偶然地，我的这本拙作稍微有了点反响，读者对这本小册子的需求达到了一个比较大的数字。后来村上氏逝世，伊东氏转行了，到了现在，还不断有人想要得到这本书，所以现在又被岩波氏看中，制作成文库本，得以再次出版。在三十多年的漫长岁月中，世人的学问取得了惊人的进步，人们的思想也发生了很大的转变。所以在新刊

---

① 《努力论》于1921年首次出版。

出版之际，需要修改增补的地方就比原本多了很多，但是瓷壶既成，苦窳无果，就只能这样了。原来这就不是诗集，也不是科学类图书，所以就维持旧态，迎合新需了。如果这本书至少能让人振奋起一点点的勇健之气的话，那我的初心——同时也是我现在的愿望——就能得到满足了。

编　后　记

马乙鑫

　　研究日本文学绝无可能跳过日本明治维新时期，明治维新是指日本明治时代初期推进民族现代化复兴的系列举措。"明治"是日本明治天皇在位时期所使用的年号，时间从 1868 年 10 月 23 日至 1912 年 7 月 30 日。在此期间，统治了日本几个世纪之久的幕府政权彻底终结，日本在亚洲率先实现国家工业化，破除了阶级等级制，同时在教育上也进行大规模改革……种种自上而下的改革，使日本成为亚洲第一个资本主义国家。与经济上的革新同步进行的是思想文化上的转变与颠覆。作为与中国一衣带水的邻国，日本的文化与中国的关系源远流长，很早便开始了汉学的研究，而在明治变革的浪潮之下，日本政府、学界的文化思想倡导之一便是与传统汉学割席，转而主张效仿当时的西方现代文明。日本文学流派在此时期百花齐放，无数西方思想如新鲜血液流进日本传统文化之中，加之随后日本"军国主义"思想盛行，日本近代文化在多元与矛盾的辩论中前行。

日本文学在这段变革时期焕然一新，不可不提"红露时代"的日本近代文坛巨匠幸田露伴。

幸田露伴，本名幸田成行，别号蜗牛庵，1867年出生于武藏国江户下谷①的旧幕府的武士家中。幸田露伴出生的第二年，幕府政权瓦解，日本进入明治时期，由此可见幸田露伴这样一个处于历史新旧更替时期的文人，本身童年时期成长就伴随着文化变革中的保守主义与寻求现代开化的矛盾。另外，出生于旧武士家庭的他，一方面得力于良好的家庭背景接受了良好的古典教育，奠定了他成为汉学家的基础，另一方面，作为没落士族之子，幸田露伴也早早在时代变迁、家族的衰落中领略了人情冷暖。

幸田露伴一生作品颇丰，除去汉学，他的创作领域还涉及小说、戏剧、历史、文学批评等。时代的巨变与纠葛这个母题始终伴随在幸田露伴的文学道路上。然而，被称为"才子露伴"的幸田露伴与同时代作者相比，却又有他自身创作的"独特性"，或说"不合时宜"。在时

---

① 今东京都台东区。

代的动荡中，当大部分日本作家都选择随时代潮流走向西方文明，或是为服务当局而大肆鼓吹战争的正当性时，幸田露伴是保守的，他在古典与现代间徘徊，并坚定主张文学创作不应受政治干涉。在日本文学自然主义与写实主义的现代派写作大行其道时，幸田露伴转而回归古典传统式的写作。到了战争年代，当日本一众作家都鼓吹民族主义以符合时代的"政治正确"时，幸田露伴守住了作为文人的良知，他在1894年10月13日的《国会新闻》上发表了《关于战争》一文，提出文学应保持守身于战争之外的独立性，他怀着无限愤慨写道："倘若有人强迫文学家或美术家去创作配合当前的战争等等的作品，那真是无知透顶，岂有此理！"① 固然，随着战争态势的发展，幸田露伴对待中国以及汉学文化的研究与表达也变得矛盾、复杂了起来，直至他迈入古稀之年，发声渐微，逐步退出文坛纷争，隐没避世。可以说，幸田露伴在东西方文化碰撞之下对文学独立之精神的清醒，

① 收录于《露伴全集》，此文标题为《战时的诗人》，见第31卷，第50—54页，岩波书店1979年版。此段翻译出自文洁若，参看文洁若《幸田露伴——一个有气节的日本文人》，《日语学习与研究》1985年第4期。

在鼓战年代对战争的愤慨，以君子坦荡的态度与日本国家机器强权保持的疏离的关系，诸种表态，除去幸田露伴个人的良知与人文素养，与他长期受到中国古典文化的浸润而与中国结下深厚情感，以及汉学知识体系对他的人格塑造有必然联系。

生于崇尚古典教育的传统大家族，幸田露伴从小耳濡目染，学习汉学文化，他精通儒家、道家和佛家等思想，这一点在他的文学创作中体现得淋漓尽致，也融于他的思考哲学之中。在这本《努力论》中，当论及人应当如何修身养性、如何通过主观的努力掌控自我的命运、如何顺应自然规律摘取人生的硕果时，儒、释、道三足鼎立的中国传统文化思想显而易见。

编者须指出的一点是，《努力论》在论及人为成功的法则时所提及的观点时至今日也是不过时的，但在阅读《努力论》时，仍需结合作者出生及写作的年代辩证、科学地认识何为"努力"，何为"福报"。作者在书中的思想观点已有西方哲学唯物主义、辩证法，同时追求科学主义之论调，但是在具体的论证过程当中，比如作者已肯定了主体能动性对于外在事物变化的积极作用，但幸田露伴依然选择了"命运"这样形而上的词。另外本书中作者花费大量篇幅论述主体应该如何富有成效地努力、不断精进、扩大自我边界、实现自我的发展，但在命名时，分别使用"气凝""气散"两词来指代两种状态。"气"一措辞使用得颇有道家之味，而细读却发现作者所言的"气"并非形而上学的，作者对"气"的形成、发展、变化规律以及人作为主体应该如何自我制约地去行动，都做出了具有逻辑的阐释。即使放在 21 世纪的今天亦是一种前沿的心理分析与激励法则。作者循序渐进引入"惜福""分福""植福"三种福祉，阐明了一种具备人文关怀的博爱，以及在享有与给予之间流动、可持续的福报法则。结合作者写作的时代，幸田露伴本人思想意识的经典与超前可见一斑。诚然，在具体论述的例证中，作者的伦理道德依然较为传统保守，或者将宗教视为困境的出路，这些由作者的时代性所反映的观点需要读者客观思考、辩证吸收。

虽作者在自序中就为何将本书命名为"努力论"作出专门解释，而出于对作者的尊敬，我们也保留了原汁原味的书名标题。但事实上，虽本书标题以"努力"为论述母题，听起来颇有功利性的教诲之意，而"努力"之下，其论述的内涵却是广义的——人如何与自我相处，人如何与他人相处，人如何与自然相处。这其中，需要深刻运用我们的感性去体会经历所触发的情感，而后用理性去学习、积累知识，认识与思考自我与他人的关系，最终将知性作为一种生命的行动灵感，选择一种上扬的、具有力量的、自然而然随万物流动的生活。

前文已提到幸田露伴一生创作颇丰，涉及领域广阔，经过时代的淘沙与洗礼，而今还在日本书架畅销榜常年占据一席之地的便是这本《努力论》。这本书在日本多次被翻译为现代日语再版，并出现多部注解、解读版本，可见这本书在日本所体现的经典性与时代价值。今日，我们诚心将这本日本一代才子幸田露伴写作于一个世纪前，字里行间融入了中国传统儒释道思想精髓的佳作译为中文出版，将此书中的不朽精神传达给这个时代的读者，望此书被读者反复阅读，成为伴随读者终生的智慧锦囊。

2021